集英社オレンジ文庫

威風堂々悪女 7

白洲　梓

本書は書き下ろしです。

威風堂々悪女7

もくじ

威風堂々悪女 7

序章

雨が降り続き、小さな屋敷はじめじめとした空気に包まれていた。景色を灰色に染め上げる雨の簾《すだれ》の向こうに、庭の山梔子《くちなし》の白が目に映《は》えた。その様子を眺めながら円恵《えんけい》は重いため息をつく。

皇后《こうごう》となった柳雪媛《りゅうせつえん》が側室に呪術を用いて堕胎《だたい》させ、その罪で流刑《るけい》に処された——その噂《うわさ》はすぐに国中を駆け巡り、円恵の耳にも入っていた。

（今頃、雪媛様はどうされているのか……）

蓮鵬山《れんほうざん》の噴火によって夫と息子を亡くし、何もかも失った円恵を援助してくれたのは、他でもない雪媛だった。皇帝の寵姫《ちょうき》であり神女と謳《うた》われる彼女は、大層親身になって円恵のために心を砕いてくれた。この屋敷を用意してくれたのも雪媛だ。以前の屋敷ほど広くはないものの、僅《わず》かに残った使用人たちとともに一人倹《つま》しく暮らすにはちょうどよい。

義弟《おとうと》も亡くなり、甥《おい》も先頃国境地帯の紛争で命を落とした。代々胡州《こしゅう》に繁栄した黄《おう》家はこれで完全に断絶し、今更実家に戻ることもできない円恵にとって、頼れるのは雪媛だけだった。彼女が後ろ盾《だて》になってくれることは何より心強く、皇后となると聞いた時には歓喜の声を上げたものだ。

(あれほど慈悲の心に満ちたお優しい方が、他の妃《きさき》に呪いをかけるなんて……そんなことをするはずがないのに)

異民族である彼女が皇后となることをよしとしない誰かが、陰謀を巡らせたに違いない。

「出かけるわ、準備を」

使用人に声をかける。

「奥様、ですがこんな雨の中を――」

「仏様に祈るのに、雨も雪もありませんよ」

寺への参拝は、このところの円恵の日課だった。仏の前で祈るのは夫と息子の冥福《めいふく》、そして雪媛の無実がどうか明らかになるように、ということだった。

(旦那様、楊殷《ようえん》――どうか雪媛様をお守りください)

雨は止《や》まず、祈りを終え寺を出ても強く降り続いていた。これほど長雨が続けば、水害が起きるかもしれない。

思い出すのはあの噴火の折、雪崩《なだれ》のような火砕流《かさいりゅう》が迫るこの世のものとは思えぬ光景だった。波のように押し寄せたそれは、人も家も呆気《あっけ》ないほど飲み込んでいった。そして、彼女の何より大事な幼い息子を奪った。

（水害が起きれば、またどこかで子どもが命を落とすかもしれない……）

その時、物陰から飛び出してきた人影が、立ちはだかるように円恵の前に現れた。驚いた円恵は思わず悲鳴を上げる。

「無礼者、奥様の前に立ち塞《ふさ》がるとは何事です！　お退《ど》き！」

付き従っていた侍女《じじょ》が声を上げた。するとその人物は、がばりと這《は》いつくばる。

「奥様……奥様……私を覚えていらっしゃいますか！」

頭からつま先まで濡れそぼった女が、呻《うめ》くように言って顔を上げた。

「え……？」

円恵は彼女の顔をよくよく眺めた。泥の中についた手は骨と皮のよう、恰好もみすぼらしい。だが、その痩《や》せこけた面《おもて》には確かに見覚えがあった。

「お前は……」

「以前、黄家で乳母《うば》をしておりました、徴在《ちょうざい》でございます……！」

思い出した。楊殿の乳母として雇った女だ。

しかしその容貌は随分《ずいぶん》と記憶と違っている。彼女は丸顔で体つきもふくよか、乳の出もよく大層健康そうな女で、それが気に入って雇ったのだ。

「徴在……お前、お前、生きていたの……」

最後に彼女を見たのは、噴火した山から離れるために急いで馬車に乗り込んだ時のことだ。楊殷を抱いた乳母は、円恵の夫である楊戒《ようかい》と同じ馬車に乗り込んだ。そして楊戒と楊殷は火砕流に飲み込まれたのだ。だから乳母である彼女も、死んだものだと思っていた。

実際あれ以来、消息が知れなかった。

「奥様……ああ奥様！　楊殷様をお守りできず、申し訳ございません！」

涙ながらに額《ぬか》ずく女に、円恵は悲しみの表情を浮かべた。

「……人にはどうすることもできなかった。天災だったのだから……」

そう言いながらも、この女が生き延びることができてどうして夫と息子は死んでしまったのか、と悔しくもあった。

「苦労したようね、徴在。すっかり面差《おもざ》しも変わって……」

「奥様……」

「それにしても、どうしてここに？　今はどうしているの？」

「……奥様にお話があって参りました。どうか、お時間をいただけませんか」

「話？」

「はい。どうしてもお伝えしなければならないことがあるのです」

深刻な表情で必死に言い募《つの》る徴在の様子に、何か不吉な予感がした。円恵はわずかに恐れのようなものを感じながらも、手を差し出す。

「……わかったわ。さぁ立って。私の屋敷はすぐそこだから、一緒にいらっしゃい」

屋敷に着くと、使用人に命じてずぶ濡れの徴在に着替えをさせてやった。そうして身だしなみを整えると、かつての愛想のよい元気な女の印象が戻ってきた気がした。

「それで……何を話したいというの？」

円恵の前に畏《かしこ》まった徴在は、怯《おび》えた様子で周囲に誰か聞いている者はいないかと視線を彷徨《さまよ》わせる。

「誰にも……他の誰にも、聞かれてはならぬことなのです」

「大丈夫よ、使用人たちは下がったし、他には誰もいないから」

それでもまだ不安そうに、彼女は何度も躊躇《ためら》う様子を見せた。

「徴在、一体どうしたの」

「……旦那様と、そして楊殿様のことなのです」

「え？」

「真実を……真実をお伝えしなければと、ずっと……ですが、ですが私は恐ろしくて……」

徴在は震えていた。

「あの時の光景を、思い出すと……」

「……徴在、天災だったのよ。仕方のないことだったの。あの地獄のような光景は、私も思い出しただけで寒気がする。あの業火《ごうか》が旦那様と楊殿を……ああ！　聞きたくないわ、そんな話は！」

頭を振って円恵は目を瞑《つぶ》った。

「いいえ、違うのです！　違うのです奥様！」

徴在が叫んだ。

「旦那様と……楊殿様は……天災でお亡くなりになったのではございません！」

思いがけない言葉に、円恵はゆっくりと眼を開いた。

「……え？」

「お二人は――お二人は――殺されたのです」

言葉に出して更に恐れを抱いた、というように徴在は身を縮めた。

円恵は唖然とする。

「……お前、一体何を言っているの」

「あの時、馬に乗り先導していた楊才《ようさい》様は、人気《ひとけ》のない繁みに私たちの馬車を誘導しました。突然馬車が停《と》まったので、私は不思議に思いました。一刻も早く逃げなければならないはずなのに！　腕の中で、楊殿様はひどく泣いておられました。そうしたら……そうしたら……突然……」

　その光景を思い出しているのか、徴在の両目は不穏な輝きを帯びて見開かれ、ぜえぜえと苦しそうに息をした。

「楊才様と、それから付き従っていた伴の者たちが馬車に押し寄せて……そして、剣を……剣を、旦那様の胸に……」

　円恵の心臓が、大きな音を立て始める。

「わ、私は恐ろしくて、楊殿様を抱《かか》えたまま呆然としていました。男の手が、私から楊殿様を奪い取ろうとしたので、抵抗しながら馬車から転げ落ちました。気がついた時には、後ろから斬られて……」

　これがその時の傷です、と徴在は震える手で衣《ころも》を脱いだ。彼女の背中には、確かに大きく走る刀傷が痛々しく残されている。

「何が起きたかわかりませんでした。楊殿様の小さな体が、私から離れていって……そうして、視界の端で、楊才様が――あの小さな、小さな細い首に、切っ先を突き立て……！」

　両手で顔を覆《おお》い、徴在は俯《うつむ》く。

「私は動けませんでした。とにかく訳が分かりませんでした。私の傷は致命傷ではありませんでしたが、出血量も多く、彼らは私が死んだと思ったようでした。……そして、楊才様はこう言ったのです。『早く昭儀《しょうぎ》様にご報告しなくては。大層お喜びになるだろう。あとは火砕流がすべてを覆い隠してくれる』と……」

　理解が追い付かない。円恵は喉《のど》がからからに渇《かわ》くのを感じた。

「楊才様たちは急いでその場を離れていきました。私は、そこから死に物狂いで逃げ出したのです。途中、避難する村人たちに出会って、彼らに助けられました。以来私は、息を潜《ひそ》めて生きてきました。私が生きていると知れれば、きっと殺されると思ったのです……」

　今初めて呼吸をした、というように、徴在は大きく息を吐いた。

「楊才様に見つかってはならない、と怯えました。しかしやがて、黄家がすでにないことを知ったのです。聞けば楊才様はあの後すぐにお亡くなりになったと。……私は思いました。きっと、あの方を邪魔に思った誰かに殺されたのだと」

「徴在……徴在、お前、それは……」

「あの時、楊才様は確かに言いました。『昭儀様にご報告しなくては。大層お喜びになるだろう』……昭儀様というのは、以前お屋敷にいらっしゃった、あの柳昭儀様のことですよね？」

「……まさか」

「奥様！　一体誰が最も、あの一件で得るものがあったでしょう？　黄家は滅び、その財産はどこへ行ったのでしょう？」

受け継ぐ者を失った黄家の土地財産はすべて、国庫へ入ったと聞いた。そう雪媛から聞かされた。面倒な処理は何もかも、雪媛がすべてを請け負《う》ってくれた。

だが実際、夫の財産の行方《ゆくえ》は円恵には知る由《よし》もない。それが気にならないほどの支援を雪媛がしてくれていたのもあり、考えたこともなかった。

「……あのお方は皇后になられたと聞きました。私は怖かったのです、奥様。万が一私が生きていると皇后様に知れれば、どうなるか……だから、ずっと身を隠してまいりました。しかし、皇后となったあの方が罪を犯して都を追われたと知り、今こそあの悪事を天下に知らしめる時だと思ったのでございます！　あの方……あの柳雪媛という女は、とんでもない悪女にございます！」

雨はまだ降り続いていた。

地面に打ち付ける雨音が、鈍《にぶ》く円恵の中に染《し》み入っていた。

一章

　夏の夜、どこかで虫が鳴いている。

　宵闇《よいやみ》に紛《まぎ》れるようにしてやってきた男たちは、皇帝からの使いだと名乗った。燗流《かんる》は本当だろうかと危ぶんだものの、どう考えても手練《てだ》れと思われる男たちに取り囲まれ、言われるがままに持ち場を離れた。

　こういう時、燗流は決して無理はしないことにしている。自分の力量は弁《わきま》えているし、自《みずか》ら厄介《やっかい》ごとに巻き込まれるつもりはない。そうでなくても、いつも彼の周りは災難だらけなのだから。

　自称使者たちのほとんどは燗流とともに留《とど》まり、雪媛《せつえん》に会いに向かったのは武器も持たない男一人だけ。彼女を殺しに来たとも思えなかったので、とりあえず大丈夫だろう。

　槍《やり》を肩に預け、燗流は手持ち無沙汰《ぶさた》に座り込んでいた。暗闇の中、行灯《あんどん》の光に照らされる男たちの様子を眺める。周囲を警戒しつつ、燗流のことも決して逃がすまいと目を光らせていた。

（無理無理。俺、絶対勝てない）

しばらくすると、男が戻ってくるのが見えた。

「もうよいのですか？」

待っていた青年が声をかけた。彼だけは線も細く、文官といった風情《ふぜい》だ。

しかし、相手は何も答えなかった。青年が訝《いぶか》しんで駆け寄っても、何も言わずにふらふらと先へ歩いていってしまう。それを追いかけていく青年の背中を燗流は見送った。二人は遠くでぼそぼそと何事か話しているようだったが、よく聞こえなかった。

やがて、彼らは一斉に引き上げていった。小さくなっていく使者たちの姿を見送って、燗流は首を傾《かし》げた。一体、なんだったのだろう。

（……本当に無事かな）

不安になり、足早に雪媛のいる小屋へと戻った。雪媛は今日、母親の安否《あんぴ》がわからなくなったと聞きひどく荒れて塞《ふさ》ぎ込んでいた。

燗流の母親は彼を産んですぐに死んでしまったから、記憶にはない。父に疎《うと》まれ続けた燗流にとって、頭の中に出来上がった母親像はひたすら理想化されている。もし母が生きていたら、不幸ばかり呼ぶ息子を厭《いと》わしいと思い邪険にしたかもしれない。それでも想像上の母親は、いつだって彼を優しく受け止めてくれる。他所《よそ》の家の母親を見るにつけ、必ず我が子の味方をしてくれるのが羨《うらや》ましかった。

母を自分のせいで死なせてしまったという負い目は大きい。雪媛は恐らく今、幼い頃から燗流が感じていたその気持ちを味わっているに違いなかった。

闇の向こうから、水を跳ね上げるような音が聞こえてきた。誰かが川に入っている。そう思って燗流ははっとした。

雪媛が、世を儚《はかな》んで川へ身投げしたのではないだろうか。

（まずい）

慌《あわ》てて川辺へと駆け付ける。

ここで見張り番をしているのはただの仕事上のお役目だ。雪媛は罪人であり、その罪人が自害などしたら燗流にも罰が下る。それはもちろんご免なのだが、そうかといって燗流が焦《あせ》った理由はそれだけではない。

単に、もう結構情が湧いてしまっている。

月光をゆらゆらと照らし出した、銀色に輝く水面《みなも》が見えてくる。その中から人の半身が黒々と突き出していて、燗流はぎくりとした。

雪媛ではない。

見たことのない男だった。彼はざぶざぶと水中を歩いてこちらへ向かってくるところだった。その両腕に、何か大きなものを抱《かか》えている。

雪媛だ。ずぶ濡れの状態で横抱きにされた雪媛は、されるがままに身を預けている。

燗流は緊張して槍を持つ手に力を籠《こ》めた。その穂先を男に向けて声を上げる。

「――止まれ！　何者だ！」

男がこちらに気づき、足を止めた。

目が合った瞬間、あ、まずい、と思った。

（やばい、こいつ強い……めちゃくちゃ強い……）

その眼光の鋭さから、居住まいから、身のこなしからわかる。

雪媛を殺しに来たのか。それとも攫《さら》いに来たのか。

いずれにしろ、敵《かな》わない。しかし、見過ごすわけにもいかなかった。

すると男の腕の中で項垂《うなだ》れていた雪媛が、僅《わず》かに顔を上げてこちらを見た。そして燗流を制止するように、すっと手を上げる。

「――燗流、大丈夫だ」

落ち着いた声だった。

「それを下ろせ」

「しかし……」

「敵ではない。——青嘉《せいか》も警戒しなくていい。あの男は信頼できる」

燗流も、そして青嘉と呼ばれた男も、互いにまだ警戒するように視線を交わした。やがて燗流がゆるゆると槍を下ろすと、相手は少し怪《あや》しむように燗流を観察しながらもようやく川から上がってきた。

「もういい、降ろせ」

雪媛に命じられ、青嘉はゆっくりと屈《かが》み込んで彼女の足を地面につけた。その様子は、まるで大切な壊れ物でも扱うように丁寧《ていねい》だった。

「燗流、これは都にいた頃の私の護衛だ。青嘉という」

「……はぁ、護衛の方」

同時に、おやと首を傾げた。こんなあからさまな侵入者がいれば、確実に問題視される。しかし先ほどの使者は、特に何も言わずに帰っていった。

「あの、先ほど皇帝陛下の使者殿がいらっしゃったと思うのですが……大丈夫でしたか？」

「陛下からの使者？」

濡れた髪を掻き上げながら雪媛が眉を寄せる。

「一人、若い男がこちらに来ましたよね？」

「…………いや？」

雪媛は考え込むように口許《くちもと》を押さえる。

「使者が来ていた……？」

「お会いになりませんでした？　先ほどお帰りになりました。特に何事もなかったならよかったですが」

険しい表情で青嘉が「見てきます」と駆け出そうとする。

「いや――よい」

「ですが」

「それより、お前には頼みたいことがある」

雪媛は小さくくしゃみをした。

「わかりました。ですが、まずは着替えてください」

「……じゃあ、その間、そこで見張っていろ」

小屋に向かって歩きながら、雪媛は言った。

「どこへも行くなよ」

「――はい」

青嘉が僅かに口許に笑みを浮かべた。

雪媛が出てくるのを待つ間、青嘉は言われた通りに戸の前に陣取った。燗流は手拭《てぬぐ》いを取り出して差し出す。

「どうぞ。その恰好じゃ風邪《かぜ》をひきますよ」

「かたじけない。ええと……」

名乗ってもいなかった、と思い、燗流は頭を掻いた。

「姜《きょう》燗流といいます。ここの見張り番です」

「王《おう》青嘉です」

まだ完全には信用していない、というように相変わらず青嘉はこちらの観察を続ける。

「……ここの見張りは一人で？」

「はぁ、まぁ」

「俺がこうして入り込めるくらいだ、随分《ずいぶん》と警備が甘いようだが」

「いや本当、いつの間にどこから入ってきたんです？　俺はずっとそこで人の出入りは見ていたはずなのに……」

小屋の中から、くすくすと雪媛の笑い声が響いてきた。

「大方、また迷って山の中をうろうろしていたんだろう。川向こうからやってきたぞ」

「……監視の目を気にして、気づかれぬように道を探していただけです！」

「燗流、この男はひどい方向音痴でな。よくここへやってこれたものだが……。青嘉、戦《いくさ》はどうなった」

「わが軍の勝利です。高葉国《こうようこく》の皇子たちも皆捕らえました。すでに都も制圧しています」

「瑯《ろう》と潼雲《どううん》は？」

「洪《こう》将軍に預けてきました。近々凱旋《がいせん》できるでしょう」

「それでお前は、帰り道に一人で道に迷ってここまでやってきたと」

「雪媛様が流刑《るけい》に処されたと聞き及びましたので」

「……ふん」

「やはり私がお傍《そば》でお守りすべきでした」

「別にお前がいなくても困らぬ。——そこにいる燗流はお前よりよほど優秀な護衛だぞ」

するとと青嘉はかっと目を見開いて、燗流をまじまじと見つめた。

「なんと——それほどの手練れですか」

「えっ、いや、うそうそ、全然です！」

燗流は慌ててぶんぶんと首を振る。

「それほど腕が立つというなら、一度お相手願いたいが……」

「無理です、無理、本当、あの、俺弱いです」

焦ってしどろもどろになる烱流に、雪媛がまた愉快そうに笑った。

「烱流は生きるか死ぬかの場面では最強だぞ」

青嘉の視線が痛い。烱流は冷や汗が出てくるのを感じた。

「自慢じゃないですが、私は訓練でも実戦でも、誰かに勝ったことが一度もないんですよ！」

悲鳴のように声を上げた。

がたり、と戸を開けて着替えた雪媛が出てくる。

「青嘉、夜が明けたら大月《たいげつ》のお母様のところへ行ってほしい」

「秋海《しゅうかい》様の？」

「……屋敷に火がつけられたようだ」

青嘉が僅かに息を呑む。

「安否がわからぬ」

「――承知いたしました」

（なるほど、彼に母親のところへ行ってもらうのか。それで少しでも気分が落ち着けばいいが）

ただ、その後もたらされる報告が絶望的なものであったら。その時、雪媛はどれほど嘆《なげ》くだろう。

「朝になれば麓《ふもと》から眉娘《びじょう》という娘が来るから、道案内をさせよう。その娘と一緒に山を降りよ。お前一人ではいつになったら山を出られるかわからぬ」

青嘉は少しむっとなった。

「平気です、一人で行けます」

「山をぐるぐる回って時間を無駄にするつもりか？　いいから言う通りにしろ」

「しかし――」

「あのー、青嘉殿もお疲れでは？　明日出立《しゅったつ》というなら、少しでもお休みになったほうが」

燗流が提案する。

「……そうだな。燗流、悪いがお前の番小屋に青嘉の寝床を――」

すると、遮《さえぎ》るように青嘉が声を上げた。

「いえ。今宵《こよい》は私が番をしますから、雪媛様はもうお休みください」

「寝不足ではこれからの行程に支障がでるだろう。いいから休め」

「だめです、それでは私が不安で眠れませんので」

「だから、燗流がいるから大丈夫だ」

「私がこうして入り込めたんですよ、もっと警戒すべきです！　だいたい失礼ながら燗流殿は、先ほどご自分でも誰かに勝ったことがないと言っていたではないですか！　心許ありません！」

自分が引き合いに出されてちょっと微妙な気分だったが、焔流は控えめに口を挟む。

「……いずれにしても、ここに青嘉殿がいると誰かに知れれば問題ですよ。先ほどのように突然の訪問者もなきにしもあらずですから、番をするにも人目につく場所でするより、小屋の中に入っていただいたほうがよいのでは？」

「……は？　中に入れろと？」

雪媛が眉を寄せた。

「焔流殿、私は外で結構ですので」

「え、だめですか？　雨の時なんかは私も入れていただいてるじゃないですか」

青嘉の目が少し見開かれた。そしてじっと雪媛を見ると、雪媛が何やら気まずそうな表情で目を逸《そ》らす。

「番小屋が雨漏《あまも》りするというから、仕方ないだろう」

「じゃあ、そういうことで。青嘉殿、狭いところで申し訳ないですが今夜はとりあえずこちらで」

そう言って焔流は、雪媛ごと青嘉を戸の向こうへと押し込んだ。

「ちょっ、燗流、何故《なぜ》お前が勝手に決めて――」

「外はちゃんと見張っておきますから、安心してください。誰か来るようなことがあれば、すぐ知らせます。――では、おやすみなさい」

がたん、と戸を閉める。

ふうと息をついて小屋を離れようとすると、中から青嘉の声が僅かに聞こえてきた。

「入り口で番をしていますので、どうぞお休みください」

(律儀《りちぎ》だなぁ……)

突然現れた青嘉には驚いたが、その様子を見るに、雪媛は相当に彼を信頼していると感じた。そして青嘉自身もまた、雪媛を心配して単身こんなところまでやってきたということは、よほど彼女に心酔《しんすい》しているのか。

(……というより)

なんとはなしに感じた、二人の空気。

(気を利《き》かせたつもりなんだけどな……)

まだ灯《あか》りのともっている小屋を振り返る。恐らく自分の見立ては当たっていると思う。

よいしょ、と番小屋の前に腰を下ろした。邪魔をしては野暮《やぼ》というものだ。

しかし、気がかりなことが一つあった。

先ほどやってきた使者たち。その中にいた青年が発した言葉が、ひとつ耳に届いていた。

（──『陛下《へいか》』、って、呼ばなかった？）

一人戻ってきた男に、そう話しかけなかったか。

（まさか、ねぇ……）

皇帝が自ら、こんなところに来るはずもない。聞き間違いだろう。

「入り口で番をしていますので、どうぞお休みください」

そう言って青嘉は、剣を脇に置いて戸の前に座り込んだ。雪媛は小さな竈《かまど》に火を熾《おこ》し始める。

「服を脱げ」

「………………はい？」

「濡れたままでは風邪をひく。お母様のところへ無事に辿《たど》り着いてもらわねば困るからな」

ここで乾かせ、と炎の様子を見ながら言った。

「……あの見張り番にもそのように？」

怪訝《けげん》そうな顔で雪媛がこちらを見る。

「は？」

「彼もここで夜を明かすことが？」

「……おい、変なことを考えるなよ」

「変なこととは」

しれっとした態度で青嘉が問いを重ねた。

「雨の日に屋根を貸してやってるだけだ。私が服を脱いでも自分から目を背《そむ》ける男だから心配ない」

「そうですか。随分と気に入ってらっしゃるようですね」

「ああ、気に入ってる。私の復権が叶《かな》ったら、個人的に護衛に雇いたい」

少しむっとしつつも青嘉はそれ以上何も言わずに、おもむろに衣を脱ぎ始めた。濡れそぼったそれを両手で絞り、竈近くに広げて乾かす。露《あらわ》になった上半身を、先ほど燗流にもらった手拭いで身体を拭《ふ》いた。

その間、雪媛はずっとこちらに背を向けていた。

青嘉の髪はまだ濡れており、足元に雫《しずく》を落としている。同様に、雪媛の黒髪もまた湿りけを帯びたままだ。

「……独賢妃《どくけんひ》が流産したと聞きました」

「ああ」

「雪媛様では、ありませんよね？」

何が、とは言わなかったが、雪媛には伝わったようだった。

「……ああ」

「下手人《げしゅにん》に心当たりは？」

「……信じるのか」

少し、雪媛の声が揺れた気がした。

「私は、赤子でも殺す女だぞ。本当は、私が賢妃にも毒を盛ったかも」

「私に話さないでおくことはあっても、私が尋《たず》ねて嘘をつくことはないと思っています」

雪媛はしばらく黙り込み、やがて口を開いた。

「……尚宇《しょうう》が勝手に手を回した可能性はある。私がいつまでも動かないことが不満そうだったからな。……もしくは、後宮《こうきゅう》内の他の妃《きさき》たちの誰か……。あの事件以来、私はずっと閉じ込められていたから、実際のところは何もわからないが」

「そうですか――」

ともかく雪媛の無実を証明しなくてはならない。犯人を突き止められるだろうか。

「火の始末は私がしますから、休んでください」

「──青嘉」

背を向けたまま、雪媛が言った。

「さっきのことは、忘れろ」

何のことを言っているのかはわかった。しかし、青嘉は返事をしなかった。

「どうかしていた。流刑になってずっと、心細く落ち着かなかった。そこにお母様のことがあって動揺していた。──それだけだ」

火の爆《は》ぜる音がする。

「お前もよく知っているだろう。私は目的のためなら男にこの身を委《ゆだ》ねることも厭《いと》わぬ。だからあんなのは、何の意味もないことだ」

雪媛はそのまま粗末な寝台に向かおうとする。

青嘉は手を伸ばし、彼女の腕を摑んだ。背を向けたままの雪媛は、低く呻《うめ》いた。

「……放せ」

ゆっくりと手を放すと、青嘉は持っていた手拭いを彼女の頭に被《かぶ》せた。

「……濡れていますので」

そっと長い黒髪を手に取ると、丁寧に水を拭きとっていく。雪媛は身じろぎもせず、されるがままになっている。

「秋海様は、きっとご無事です」

艶《つや》やかな髪。つい先ほどまで、この手に絡《から》みついていた感触を辿るように触れる。

「冷静で賢いお方です。避難されているに違いありません。丹子《たんし》もついています」

「…………ああ」

耳元の髪を掬《すく》い上げた時、雪媛の耳朶《じだ》に指先が僅かに触れた。雪媛が肩を震わせるのが分かった。

「……終わりました」

青嘉は名残《なごり》を惜しむように、その手から零《こぼ》れ落ちていく絹のような髪を目で追った。

雪媛は何も言わずに寝台へと向かった。そうして頭から布団を被る。

青嘉もまた、戸口の前に腰を下ろした。

雪媛と出会った頃、一晩中見張りをしろと言われてこんなふうに過ごしたことを思い出す。悪夢にうなされていた雪媛が、あの時どんな夢を見ていたのか、今ならおおよその見当がつく。

ふと、布団の中から雪媛が顔を出し、黒曜石のような瞳をこちらに向けているのに気づいた。

「ここへ来たばかりの頃――一人で夜を明かすのが怖かった」

雪媛がぽつりと言った。

「よく考えていた。その戸の向こうに、お前がいつものように控えていたらいいのに、と……」

「……外に出たほうがよろしいですか？」

尋ねると、雪媛は苦笑した。

「そこにいろ」

「──はい」

やがて雪媛は、ゆっくりと瞼《まぶた》を閉じた。

しばらくして、小さく声がした。

「青嘉」

「はい」

「そこにいるか？」

「はい、おります」

「…………そうか」

それから雪媛は、更に二度ほど、そこにいるか、と尋ねた。

その度《たび》に青嘉が返事をする。

ようやく、安らかな寝息が青嘉の耳に届いてきた。

翌朝、眉娘がやってくると青嘉は彼女と一緒に山を下りていった。その後ろ姿を見送りながら、雪媛は僅かに安堵《あんど》していた。これで母の状況を確認できる、と思ったのもあるし、青嘉に対してどう接すればいいか戸惑《とまど》っていたのもある。

抱き締められたあの感触が、いまだに熱を持って肌に残っている気がした。

青嘉に言ったことは嘘ではない。動揺し、混乱していたのだ。普通の状態ではなかった。自分でも、どうしてあんなことをしてしまったのかと困惑《こんわく》している。

（あいつが悪い……急に現れるから……）

積み上げてきた防壁が、僅かな隙《すき》に一気に崩れ落ちてしまったような感覚。足元が覚束《おぼつか》ない気分だった。

それからは、ひたすら青嘉からの知らせを待つ日々が続いた。

心の中の不安を除けば、穏やかな毎日だった。時折寺の和尚《おしょう》や里長《りちょう》が訪ねてきて、里の復興と新たな堤《つつみ》の整備について雪媛の助言を求めた。眉娘が絵を描いているのを横で見守ったり、燗流がまた熊に追われるのを遠目に眺めたりする。

日が暮れ、寝台の中で一人になると余計なことを考えてしまいそうだった。眉娘が以前用意してくれた香を薫《た》いて、無理やりに瞼を閉じた。

静かに一日が終わり、また一日が始まっていく。外界と隔絶したこの谷は、時間の流れに取り残されているように思えた。

次第に、焦りが募《つの》った。

もうそろそろ何か連絡があってもいいのでは、と思う頃になっても、何の音沙汰《おとさた》もない。また道にでも迷っているのだろうか。もしくは途中で何かあったのか、それとも――。

(伝えるべき内容が、あまりに残酷なものだから……?)

そう考えると、心に重しをつけられた気分になった。夏の暑さも盛りを迎えたこともあり食も進まず、眉娘にはひどく心配された。

「雪媛様、緑豆汤《リウトウタン》です。一口だけでも……」

そう言って碗を差し出される。

緑豆は解熱効果があり食欲を増進させる、夏には欠かせない食べ物だ。眉娘の心配りを無にすまいと、雪媛は僅かに匙《さじ》に口を付けた。

「……今日も、何の便りもないか」

「はい……」

眉娘のもとへ文《ふみ》で連絡をするように、と青嘉には命じてある。毎朝、彼女がここへやってくる度に雪媛は知らせを期待したが、今のところ落胆する毎日が続いていた。

「――雪媛様！」

外から燗流の声がして、雪媛ははっと顔を上げた。

「都より、使者がおいでです！」

（使者……？）

あの晩に燗流が出会ったという使者は、結局雪媛の前には姿を現さなかった。もしや自分と青嘉の姿を見られただろうか――と危惧《きぐ》はしていたが、そうであったとしてももはや罰を受け流刑となった罪人のこと。皇后《こうごう》の地位も剝奪《はくだつ》され、すでに自分は碧成《へきせい》の妻ではないから、不貞の罪に問われることはないだろう。

（それでも非難されることは想像できる。――流刑では生ぬるい、と死刑を求める者がいたとしてもおかしくない）

今度の使者は、その詔《みことのり》を伝えに来たのだろうか。

不安そうな眉娘に、ここにいなさい、と言って雪媛は一人で外へ出た。

小屋の傍《そば》に豪勢な輿《こし》が降ろされているのが目に入った。その周囲には宮女と思われる華やかな女たちが控えている。誰か貴人がやってきたのか、と訝しんだが、使者は雪媛を見ると「控えよ」と声を上げた。

「陛下の勅命《ちょくめい》である」

そう言って両手に広げた鮮黄色《せんおうしょく》の巻子《かんす》には、『聖旨《せいし》』の二文字が見える。雪媛は跪《ひざまず》き、頭《こうべ》を垂れた。それは、皇帝の言葉そのものなのだ。

戸口に顔を出した眉娘も、傍《かたわ》らで様子を見守っていた燗流も慌てて膝《ひざ》をつく。

「――柳《りゅう》雪媛の流刑を解き、才人《さいじん》の位《くらい》を授ける。直《ただ》ちに都へ上り、朕《ちん》に仕《つか》えよ」

唐突なその内容に、雪媛は顔を伏せたまま驚きに息を詰めた。

（……どういうこと？）

雪媛は半信半疑ながらも無言のまま両手を差し出し、使者から恭《うやうや》しく聖旨を拝領した。

「まずはお召し替えを」

使者はそう言って女たちに合図をした。彼女たちはわらわらと、衣装箱を手に近づいてくる。

「準備が整い次第、輿へお乗りいただき、本日の逗留《とうりゅう》先へと向かいます」

「……何故《なにゆえ》、突然このような詔が？　私の罪はどうなった。重臣たちは何と言っているのだ」

しかし使者は無表情に、

「私は陛下のご命令に従うだけにございますので」

としか言わない。

「出来るだけ早くお戻りになるようにと仰《おお》せつかっております。さ、どうかお支度を」

「待て。……少し、時間が欲しい」

まだ青嘉からの知らせはない。ここを離れたくなかった。

何より雪媛はもう、碧成《へきせい》のもとで心を殺してこの身を委ね、彼を利用して力を得ることに忌避《きひ》の念を抱いている。それは青嘉の熱を知ってしまった今、猶更《なおさら》強く感じられた。

「陛下の命《めい》でございます。本日中に発《た》つ必要がございますので、お急ぎください」

「…………」

使者のにべもない態度に、碧成の意志が反映されているような気がした。

（逃げられない……）

雪媛は内心の焦りを隠し、あくまで平然とした態度を装《よそお》う。

「……ひとつ、書状をしたためたい。それだけ待ってくれるか」

なんとかその要求だけは通して、小屋に戻った。ついてきた眉娘は、一体何が起きたのかと困惑した様子だ。

「雪媛様、あの、都へお戻りに……？」

「そのようだ」

「それは……あの、おめでとうございます！」

「さて、めでたいのかどうか……」

眉を顰《ひそ》める雪媛に、眉娘は戸惑っているようだった。

（青嘉は、私が後宮へ戻ると知ったらどう思うだろう……）

望んで戻ったと思うだろうか。筆を走らせながら、そんなことを考えた。

しかし今の雪媛には、皇帝の命に背く力などない。

（私は——私の力で、欲しい未来を手に入れる）

初めてそう思ったのはいつだっただろう。まだ猛虎《もうこ》が傍にいた頃、初めて馬を駆けさせた頃——もっと、自分がまっさらであった頃だ。

（今度こそ、自分の力を築き上げなければならない）

今の自分が後宮へと戻って、何ができるだろうか。


雪媛を乗せた輿が麓へ下りていくと、里の者たちは祝うように道の端にひれ伏して彼女を見送った。万歳、と叫ぶ者もいる。彼らから見れば、悲劇の境遇から一転して復権する、意気揚々《ようよう》とした姿に見えるのだろう。

だが実際の雪媛の内心は、困惑と焦りに満たされていた。

その夜は州城《しゅうじょう》に入り、反州刺史《たんしゅうしし》の歓待を受けた。雪媛が流刑となってここへやってきた当初には邪険にした態度しか見せなかった刺史は、打って変わって腰が低く猫なで声で雪媛を寿《ことほ》いだ。

「まことにめでたいことにございます。皇后様がこのようなところへ流されるなど、あってはならぬことと密かに嘆いておりました。しかしやはり、皇帝陛下のご寵愛《ちょうあい》は海よりも深く、どれほど距離と時間が隔《へだ》たったとしても消え去るものではなかったのでございますなぁ」

その豹変《ひょうへん》ぶりが滑稽《こっけい》すぎて、雪媛は冷たい微笑を湛《たた》えた。

「刺史殿には、本当にお世話になりました。それはもう……大層親切にしていただいて」

笑顔とは裏腹に冷えた声で答えると、相手は気まずそうに表情を硬くした。

その後ろに控えている官吏《かんり》の中に、見覚えのある顔があった。再三雪媛のところへやってきた査察官《ささつかん》だ。雪媛の視線に気づくと、俯《うつむ》きがちに身を縮こまらせる。

「その者にも、心より御礼を。私のもとへ訪ねてきては、いつもそれはそれは楽しい話をしてくれましてねぇ……。私があの者に渡した書状は、当然刺史殿もお読みになったでししまい……！」

「あ、あの、いえ、刺史様、その……いえ、申し訳ございません！　あの、な、失《な》くして
「そなた！　どういうことだ、書状を預かったのを黙っておったのか！」

査察官の顔が真っ青になる。やはり、渡さず捨てたらしい。

刺史は目を白黒させた。

「しょ、書状……でございますか？」

ようね？」


「なんだと⁉　……ああ、皇后様！　この者には厳しい罰を与えます！」

「私はもう皇后ではありません。ただの才人です」

「し、失礼いたしました！　――おい、そいつをつまみ出せ！」

「お、お許しを……！　何卒《なにとぞ》お許しくださいませ！　不手際《ふてぎわ》は幾重《いくえ》にも償《つぐな》います故《ゆえ》……！」

慌ててがばりと平伏する姿に、雪媛は侮蔑《ぶべつ》を込めた視線を注いだ。雪媛を跪《ひざまず》かせて悦《えつ》に入《い》っていたのはどこの誰だっただろうか。

「――お待ちください。その者にひとつ、聞きたいことがあるのです」

雪媛は男の前に進み出る。

「大月にある柳家の屋敷が燃えたと私に話したね。あれは本当のこと？」

男は額《ひたい》に汗をにじませ、視線を彷徨《さまよ》わせた。

「そ、それは、あの、そういう話を聞いた、というだけでして……」

「住人については？　実際は何を聞いた？」

「いや、あう、そのー、あれだけ燃えれば助かった者はいないんじゃないか、と……そういう噂を……」

随分とあやふやだ。又聞きしただけのこの男を問い詰めても、無駄なようだった。

「そう。……刺史殿、もう結構です」

「連れていけ！」

兵士たちに引きずられるように男が退場させられていく様子を見送って、雪媛はため息をつく。

「部下の教育がなっていないようですね、刺史殿」

「申し訳ございません。すぐに綱紀《こうき》を引き締めます。……柳才人、さぁこちらのお部屋へ。どうぞ今宵はゆっくりとお休みください」

（才人か――初めて後宮へ入った時と同じだな）

皇后の座を追われ、流罪となり、それを呼び戻す上で碧成もさすがにあまりに高い位を授ければ反発が強まると思い妥協《だきょう》をしたのだろうか。それでも、今回の一件で皇帝がいかに彼女に執心《しゅうしん》しているかは明らかだ。またこうした、上辺《うわべ》だけの支持者がぞろぞろと湧いてくることだろう。

できるだけ早く戻るように、と使者が言っていた通り、州城を出てから都へと上る道中は随分と急ぎ足だった。途中で馬車に乗り換え、ほとんど休みなく街道を進み続けた。

「陛下はお元気なの？　倒れられたと聞いていたが」

ある時、数少ない休憩の折に馬車を降りた雪媛が尋ねると、何故か皆、少し表情を硬くした。

「はい、もうすっかりと……柳才人のお戻りを今か今かとお待ちでございます」

その様子に覚えた違和感を抱えながらも、雪媛を乗せた馬車は進み続けた。それから数日後、雪媛はついに、かつて罪人として潜《くぐ》った都の堅牢な門が迫ってくるのを目にしたのだった。

静かな山間《やまあい》の生活に慣れてしまったせいか、人の往来《おうらい》の多さがある意味新鮮に映った。雪媛が通ることを先触れが知らせて回ると、人々はざわめき、好奇の目で彼女の乗る馬車を見つめた。

「神女様がお戻りになったぞ！」

「馬鹿、あれは悪女だ！　側室を呪って、陛下の御子を殺したんだぞ！」

「でも戻ったってことは、やってなかったってことじゃないの？」

「そうだよ、無実の罪を着せられてたに違いない！」

「陛下があの女に惚《ほ》れ込んでるだけだろ」

「気に入った女のためなら、お裁きも覆《くつがえ》るのか」

人々は口々に好きなことを言い合っている。

（言われて当然だな……）

皇宮《こうぐう》へ入るとようやく静寂《せいじゃく》が訪れた。だがそこで彼女を迎えた人々も、口に出さないだけで心の中では同様のことを考えているに違いなかった。

馬車を降りた雪媛に、年嵩《としかさ》の侍従《じじゅう》が頭を垂れた。

「お待ちしておりました、柳才人。此度《こたび》、柳才人には陛下より特別に新たなお住まいを賜《たまわ》ってございます。ご案内いたしますので、どうぞこちらへ」

「まず陛下にご挨拶《あいさつ》をすべきでは？」

かつて後宮入りした時同様に、碧成自ら迎えに出てくるかと思っていたが、その気配はない。

「陛下も後《のち》ほどいらっしゃいます。ささ、どうぞ」

若干《じゃっかん》肩透かしを食らった気分だった。わざわざ雪媛を呼び戻すからには、勇んで駆け寄ってくるかと思っていた。まだ体調が悪いのだろうか。

侍従に案内されたのは北にある庭園だった。その中央に配された池は、かつて雪媛の友であった柔蕾《じゅうらい》が命を落とした場所でもある。

その池の全容が見える場所までやってくると、雪媛は目を瞠《みは》った。

水面から伸びるように、見たことのない二階建ての楼閣《ろうかく》が聳《そび》えていた。以前はなかったその建造物に向けて、一本の細い朱塗りの橋がかかっている。

「……これは?」

「陛下が柳才人のために造らせました、夢瓏閣《むろうかく》でございます。中は整えてございますので、お寛《くつろ》ぎいただけるでしょう。宮女も数名配置してございます」

(ここで暮らせと……?)

ざわざわと心が落ち着かなくなった。新たに造った水上の楼閣。風雅に富んでいるといえるかもしれないが、何かがおかしい。

「琴洛殿《きんらくでん》は?」

「陛下の命にて、今は閉じております」

侍従の先導で橋を渡った。随分と細い橋で、人一人が通るのがやっとだった。

楼閣の内部は豪勢に設《しつら》えられていた。琴洛殿にいた頃と遜色《そんしょく》はない。ただ規模は小さく、部屋も二間しかない。上階は屋根がかけられただけの見晴らし台となっているようだった。

「ご挨拶申し上げます、柳才人」

室内で待っていた宮女が五人、並んで膝をついて挨拶をした。いずれも見覚えのない顔だ。新しく入った宮女だろうか。

「ここで柳才人のお世話をする者たちでございます」

「芳明《ほうめい》は？」

「芳明は後宮にはおりません」

「では呼び戻してほしい。私の傍に」

「それは……難しいかと」

「何故《なにゆえ》？」

「その……夢籠閣で働く者は、陛下がお選びになりますので……」

「では私から陛下にお頼みしよう」

雪媛は手近な窓を開けて外を覗《のぞ》いた。水上から眺める景色は、見慣れた庭園を別物のように見せている。

ふと、雪媛は風景の異変に気づいた。

「あれは？」

いつの間にか、池の周囲に兵士たちがぐるりと立っていた。その数、二十はいるだろうか。物々しい雰囲気に眉を寄せる。

「彼らは何をしているの」

「柳才人の警護でございます」

それにしては数が多い。ただでさえこの楼閣の出入り口は一つだけ、あの細い橋を渡るしかない。その袂《たもと》に兵を配置して、あとは池の周囲を巡回する兵がいれば事足りるだろう。

「以前からの私の護衛が今は戦《いくさ》へ出ているが、戻ればここへ配置させる。こんなに大人数はいらない」

「陛下の命でございますので。陛下は柳才人の御身《おんみ》を大層ご心配されているのです」

（それほど今の後宮は危険だと？　独賢妃がまた動き始めたか……）

その時、兵を数名引き連れて橋を渡ってくる碧成の姿が見えた。雪媛ははっとして、入り口に赴《おもむ》き出迎えた。

「――雪媛！」

碧成は歩み寄った勢いそのままに、ばっと両腕を広げて雪媛を抱擁《ほうよう》した。

「会いたかった、雪媛……！」

ようやく身を離した碧成の顔は、明らかにやつれていた。顔色も悪い。

碧成の背後に控えている侍従たちをちらりと眺める。冠希《かんき》と僅かに目が合った。

柔蕾の弟。彼女によく似たその顔は、何の感情もうかがい知れないほど無表情だ。雪媛との繋《つな》がりを決して悟られてはならないと厳命してあるため、彼は碧成の一侍従としての態度を決して崩さない。

「陛下……」

「すまなかった、雪媛。そなたを流刑になどと、余のあずかり知らぬところで決まったこと。我が本意ではなかった。苦労をかけたな」

「私への疑いは、晴れたのでしょうか」

「無論だ。お前を陥《おとし》いれた者たちは厳しく処罰したぞ。特に、あの薛雀熙《せつじゃくき》――あやつは罷免《ひめん》し、地方へ飛ばした。まったくもって許しがたい」

（大雀《たいじゃく》が……）

ではいずれ必ず、都へ呼び戻さなくてはならない。

「賢妃《けんひ》は……どうしていますか」

「心配ない。塞ぎ込んでおったが、最近は平朧《へいろう》のお陰で随分元気になった」

「平隴？　ここにいるのですか？」

「ああ、余が呼び寄せたのだ」

「私も、また会いとうございます」

「そうか。――だが、それはならぬ」

「え？」

雪媛は驚いた。

「夢籠閣は気に入ったか？」

雪媛の戸惑いをよそに、碧成は肩を抱いて嬉しそうに微笑む。

「……ええ、美しい楼閣でございます」

「そうだろう。そなたのために急ぎ造らせたのだ。足りぬものがあれば何でも言え」

「陛下、では僭越《せんえつ》ながらひとつだけ。芳明を私の侍女に戻していただけないでしょうか。やはり慣れた者が傍にいたほうが――」

「ならぬ」

笑顔を浮かべたまま、碧成はきっぱりと答えた。

「余が選んだ者しかここへは入れぬのだ」

「ですが――」

「ああ、すまない雪媛。この後予定が入っていてな。また夜に来る。ここで待っていてくれ」

「……では、私は少し散策をしております。久しぶりの後宮ですから。賢妃の様子も見に……」

「そなたがここから出ることは許さぬ。一歩たりともだ。そして誰かがそなたに会いに来ることも許さぬ。余以外の者とは会ってはならぬ」

碧成のにこにことした表情を見上げ、雪媛は怪訝に思う。

先ほどから、妙な違和感があった。

「……陛下?」

「そなたが会ってよいのは余だけだ。考えてよいのも余のことだけ。わかったな?」

「陛下、一体どうなさったのです……?」

おかしい。目の前にいるのは雪媛の知っている碧成ではない気がした。

「雪媛……」

優しく両手で雪媛の頬を包むと、碧成は覗き込むように顔を近づけた。

「余はそなたを愛している……誰よりもだ。もう誰にも、そなたを奪われるようなことは決してさせない」

碧成の大きく見開かれた眼《まなこ》は、雪媛の顔だけを映し出している。その色が、何故だかひどく濁って淀《よど》んでいるように思われた。

「ここは安全だ。この橋の向こうへは、決して渡ってはならない。――いいな？」

手を離し去っていこうとする碧成を、雪媛は呼び止めた。

「お待ちください！　陛下――」

しかし碧成は振り返ることもなく、橋を渡って行ってしまう。

ここから出るな、誰にも会うな、と言われてもさすがに納得がいかなかった。碧成は雪媛を想うあまり、過敏になりすぎているのではないか。

「陛下！」

後を追おうと橋に足をかけた、その時だった。

背後で悲鳴が聞こえた。

振り返ると宮女が一人、胸から血を流して倒れている。その傍らには、碧成の連れてきた兵士が血の付いた剣を手に佇《たたず》んでいた。

「――!?」

雪媛は急いで倒れた宮女のもとへと駆け寄った。抱き起こすが、僅かに痙攣《けいれん》した体はすぐにくたりと力を失い、息をしなくなった。

「──そなた、どういうつもりだ！」

雪媛は宮女を殺した兵士に向かって声を荒らげた。

「陛下、この者を罰してくださいませ！　陛下から賜った宮女を──」

橋の袂で振り返った碧成は、しかし驚く様子もなく、微笑を浮かべてこちらを見ていた。

「その兵は余の命に従っただけだ。罪はない」

「……？　どういう……」

「雪媛、言っただろう。この橋の向こうへは、決して渡ってはならない、と」

碧成は人差し指で、とんとん、と朱塗りの欄干《らんかん》を叩く。

「え──」

「そなたが一歩でも橋に足をかけたら、宮女を一人ずつ殺せと命じてある」

呆然として、雪媛は腕の中で息絶えた娘と碧成を交互に見た。

「な、何故──」

「そこにいる宮女は全員尹《いん》族、そなたの同胞だ。そなたは優しいから、その者らが死にゆく様は見たくはあるまい？」

怯えた様子で身を縮めている他の宮女たちが、隅のほうに固まっていた。雪媛は愕然《がくぜん》として碧成を見つめる。

「陛下、これは一体――どうして、こんな――」

「寂しいかもしれぬが、余が来るのを待っていろ、雪媛。そなたは余のことだけを待って、余のことだけを想って……永遠にこの夢籠閣で暮らすのだ」

嬉しそうに碧成は肩を震わせる。

「そなたの世界には、余だけがいればよい」

雪媛はようやく気がついた。

広い池の中央、たったひとつの出入り口である一本の細い橋、取り囲む兵士たち――。

ここは、雪媛を閉じ込めるための檻《おり》なのだ。

二章

日暮れの蒸し暑さに辟易《へきえき》しながら、飛蓮《ひれん》は扇《おうぎ》を揺らして首元を扇《あお》ぐ。碧成《へきせい》に呼び出され皇宮《こうぐう》へやってきたものの、先客がいるということで長いこと控えの間で待たされていた。蟬《せみ》の鳴き声が響く中、額《ひたい》を流れてきた汗を拭《ぬぐ》う。

「お待たせいたしました。陛下《へいか》がお呼びでございます。どうぞこちらへ」

ようやくか、と立ち上がった。先導する侍従《じじゅう》について回廊を渡っていくと、向かいから唐智鴻《とうちこう》がやってくるのが見えた。

「これは、飛蓮殿」

「お久しぶりですね、唐大人《たいじん》」

互いに何げない挨拶《あいさつ》を交わしながらも、暗い視線をぶつける。飛蓮は智鴻の姉、京《きょう》に受けた仕打ちを忘れていないし、何よりこの男が碧成の異母兄を操って謀反《むほん》を起こさせ、それを利用して皇帝の側近に成り上がったことを知っている。

智鴻は智鴻で、飛蓮がかつて女形役者であったことを知っていて蔑《さげす》んでいるし、謀反の真相を知る彼を隙《すき》あらば闇に葬ってやろうと目を光らせている。何より、海の向こうに売られた姉の消息はわからないままで、姉の子は飛蓮が絡《から》んだ殺人の罪で地位を追われ獄に繋《つな》がれている。その恨みは深いものの、脅《おど》されたとはいえ表向きには飛蓮を推挙してしまった立場上、軽々しく動くこともできないでいるのだろう。

「陛下のところへ？」

「ええ、唐大人も？」

「今、退出してきたところです。陛下はこのところ、何かあるとすぐに私を呼び出すのですよ。困ったものです」

「左様《さよう》ですか」

飛蓮は表面上はにこやかな笑みを浮かべて、相槌《あいづち》を打つ。

「いまだ重臣の皆様がたは陛下に目通りできませんゆえ、私に用件を言付けることも多くて……このところ寝る間もない忙しさなのです。若輩《じゃくはい》の身には過ぎた重責ですし、期待されるというのは辛《つら》いものですね。その点、自由な飛蓮殿が羨《うらや》ましいですな」

「唐大人でしたら期待に応《こた》えてくださると、陛下も重臣の皆様がたも信頼されているのでしょう」

「陛下はまだ体調が万全ではありませんから、ご負担をかけぬように。私との話が長引いてしまってお疲れのご様子でした」

「承知いたしております」

「陛下は私と話すとどうにも話が広がって止まらず、いつも切り上げるのに難儀するのですよ。私を兄のように思っておられるようで、気さくに話してくださるのはありがたいのですが」

「……左様ですか」

受け答えが面倒になってきた。自分がいかに皇帝に気に入られているか、ひけらかしたくて仕方がないらしい。

「陛下は体調を崩されてからいささか気が弱っておいでです。……飛蓮殿、貴殿ほどの方なら弁《わきま》えていらっしゃると思いますが、陛下からこうしてお声がけいただいたからといって、ご自身の立場をゆめゆめ勘違いなさらぬように」

「はい？」

「陛下は先帝から仕《つか》えている重臣がたに頼ることなく、ご自身の朝廷を作り上げたいと考えていらっしゃる。そこで若手に期待をしているので、意見を聞こうと貴殿以外にも幾人か召し出しています。私の知人はそれで慢心して、調子に乗った挙句に陛下の不興《ふきょう》を買い左遷《させん》されてしまいましてね。陛下は、私のような謙虚な忠臣はなかなかいないものだと嘆《なげ》いておりました」

「……ご忠告ありがとうございます。肝《きも》に銘《めい》じておきます。すみませんが陛下をお待たせしておりますので、失礼します」

くるりと智鴻に背を向けた途端に、飛蓮はうんざりして笑みを取り払い、思い切り顔をしかめて舌を出した。

碧成の書斎に通されると、その異様な雰囲気にぎくりとした。

そろそろ日も暮れようというのに燭台《しょくだい》に火は入っておらず、薄暗い中に碧成がひとり、ぼうっと座っている。窓はすべて閉め切られ、熱気が籠《こも》っているかと思いきや妙にひんやりと寒々しい。

彼に会うのは随分《ずいぶん》と久しぶりだ。それにしても、以前会った時――まだ雪媛《せつえん》が健在であった頃――の印象とはかなり変わったように思う。どこか荒《すさ》んだような、茫洋《ぼうよう》とした目をしていた。

「飛蓮か。――そなたに頼みたいことがあって呼んだのだ」

「は。どのようなことでございましょうか」

けだるそうに椅子にもたれながらこちらを見ようともせず、積み上げられた上奏文《じょうそうぶん》を億《おっ》劫《くう》そうにいじっている。

「……余の周囲には、大勢の者が伺候《しこう》している。侍従に、宮女たち……皇太子であった頃から仕えている者も多いが、余は真に信用できる者だけを近くに置きたい」

人事の刷新を図るつもりか、と飛蓮は考えた。

「長年仕えた者でも、腹の内はわからぬ。……そこでそなたに頼みたい。かの者たちの、素行、為人《ひととなり》、交友関係をすべて調べてほしいのだ」

「身辺調査……でございますか」

「そうだ。その家族、親類、友人、実家に出入りする者まで、つぶさに調べ報告せよ」

そこまでするのか、と飛蓮は驚いた。

「……かしこまりました。しかし陛下、それほどまでに警戒されるとは、すでに怪《あや》しんでいる者でもおありですか？」

自分が臥《ふ》せっている間に雪媛の処遇を決められたことで、周囲への不信感を募《つの》らせているのだろうか。碧成は視線だけ飛蓮にちらと向けた。

「先ほど唐智鴻にも、同じことを命じた」

「唐大人に……」

「それぞれの報告を楽しみにしている」

（おいおい……こっちのことも信用してないってことか）

もしも調査対象から賄賂《わいろ》を受け取って報告内容を改竄《かいざん》したりすれば、二人の報告に齟齬《そご》が生まれる。不正のないように、互いに張り合わせ牽制《けんせい》させるつもりなのだろう。

「それから、そなたにはもう一つ、調べてほしい」

「はい、なんなりと」

「唐智鴻のことだ。――あの者について、後ろ暗いところはないか、徹底的に調べ上げよ」

たくさんある。

これが本当の目的なのだろうか、と飛蓮は考えた。碧成も智鴻に不信感を持っているのか。

「唐大人に、何か不審な点がおありなのですか？」

「なに、この調査を任せるにあたって、念のため調べておきたいだけだ」

それを聞いて、飛蓮は先ほどの智鴻の態度を思い出す。

（やつには逆に、俺のことを調べろと命じたのか）

二人の出世欲を刺激して、互いのあらを見つけ出させようということか。

随分と意地の悪いことを始めたものだ、と飛蓮は内心で舌打ちしながら、かしこまりましたと頭《こうべ》を垂れた。

（ということは、しばらくはあまり自由には動けないな……）

「もうよい。下がれ」

「……はい。失礼いたします」

退出し、飛蓮はため息をついた。これはなかなか骨の折れる役目だ。だが碧成の信頼を勝ち取っておくに越したことはない。流刑《るけい》となっている雪媛のためにも。

（どうせなら、唐智鴻《こうきゆう》をここで潰《つぶ》してしまおうか――）

「――雪媛様に、後宮へ戻るよう命が下されました」

密《ひそ》やかな声が聞こえて、飛蓮ははっとした。

自分を先導する侍従。彼は静かな歩調を保ちながら、こちらを見ることもせず「どうかそのままでお聞きください」と囁《ささや》いた。

「すでに使者が派遣されました。近日中に雪媛様はお戻りになられます」

雪媛の協力者が皇帝の傍《そば》にいる、と以前江良《こうりよう》が話していたのを思い出す。では彼がそうなのか。

回廊の向こうから、幾人かの宮女たちの視線を感じた。飛蓮の姿に頬を染めてうっとりしている彼女たちに向けて艶《なま》めかしい微笑みを作りながら、さりげなく侍従に向けて口を開く。

「陛下は侍従や宮女の身辺調査をするつもりだ。俺だけでなく唐智鴻にも同じことを命じている。用心して行動されよ」

「──承知いたしました」

門を出ると、侍従は深々と頭を下げて飛蓮を見送った。自分と同年代の青年。碧成の傍にいつも佇《たたず》んでいるその顔はよく覚えている。

（なるほど、あれほど陛下の信頼を勝ち得ている者なら疑われないだろう）

黄色い声が聞こえてきた。宮女が三人、こちらを見てきゃっきゃと騒いでいる。飛蓮はよそ行きの笑みを浮かべて彼女たちに近づいた。

「久しぶりだね、皆」

きゃあ、と声が上がる。

「お久しぶりでございます！」

「飛蓮様がご登城されるのを、皆心待ちにしておりました！」

「私もそなたたちの顔が見れず寂《さび》しかった。やはり皇宮は、花が咲いたように華やかだな。それなのに陛下は随分と気鬱《きうつ》なご様子でいらっしゃる……あんな暗い部屋ではなく外へ出れば、かように美しいものが見られるというのに」

するとと女たちは少し顔色を変えた。

「陛下は湯治からお帰りになって以来、ずっと塞《ふさ》いでいらっしゃるんです」

「以前はお優しかったのに、最近はなんだかひどく冷たくて……」

「お怒りの声を聞くことも多くなって。私、震えてしまいます」

毎日顔を合わせる身近な者たちも、碧成の変化を感じ取っているらしい。

「そうか……しかしそなたの震える姿とは、さぞ愛らしいであろうな」

宮女の手を取りほほ笑むと、相手が蕩《とろ》けそうな顔で固まってしまうのがわかった。

「……わ、私も震えます！」

「私も！」

羨ましそうに、他の宮女も競って主張する。

「幸倪《こうげい》がお手打ちになった時なんて私、本当に怖かったわ！」

「ええ、そうよね！」

「……幸倪？」

それは以前、碧成の様子をこっそりと飛蓮に教えてくれた宮女の名だった。

「手打ちに？　そういえば今日は姿がないと思ったが……何があったんだ？」

「いえ、それが……」

女たちは困惑《こんわく》したように視線を交わした。

「陛下のご不興を買ったのです」

「ちょっと、その……配膳に不備があって。でも大したことではなかったのです。いつもなら、ほんの少しお叱《しか》りを受けるだけでいいような……」

「あの日の陛下はことに不機嫌でいらっしゃったわよね」

「だからといって、あんな……怖かったわ。陛下が突然幸倪に剣を……ああ、思い出すだけでぞっとする！」

「陛下が？」

飛蓮は驚いた。

「まさか、陛下が自《みずか》らお手打ちに？」

「ええ、そうなんです。あんなこと初めてで……」

飛蓮は先ほど相対《あいたい》した碧成の様子を思い出していた。

どこか暗く、冷たく、陰鬱な影を帯びた顔。

思わず、今しがた退出してきた建物を振り返る。

（一体、何があったんだ……？）

見覚えのある林道。それはいつか、雪媛の暗殺を阻止《そし》するために駆け抜けた道だ。秋海《しゅうかい》の屋敷に辿《たど》り着く前から、焦《こ》げ臭《くさ》い匂《にお》いが風に乗って流れてきた。火事があったことは間違いなさそうだ、と顔をしかめる。

馬を進めると、やがて黒く煤《すす》けた塀《へい》が現れた。門は崩れ落ち、その向こうには柱だったであろう木材が黒々とした炭になり、無残に重なり合っている。瓦礫《がれき》の山、としか言いようのないその光景に、青嘉《せいか》は僅《わず》かに唸《うな》った。

（これは……跡形もない）

炎の勢いは、さぞ凄《すさ》まじかったに違いない。

青嘉は馬を降りた。周囲を見回しても人影はない。

きっと秋海は無事だ、と雪媛には声をかけたものの、実際の惨状を目《ま》の当たりにすると暗澹《あんたん》たる気分になった。火事ともなれば、延焼を防ぐために町の者たちも消火には関《かか》わっただろう。だが、彼らが秋海たちを助けるだろうか。かつて数名の町の者に秋海たちが嫌がらせを受ける現場に居合わせたのを思い出す。ここへ預けていた瑯《ろう》の話でも、そうした行為はその後も収まっていなかったという。雪媛が流刑となり、一層苛烈《かれつ》さを増してもおかしくはない。

（いや、むしろ……そもそも火をつけたのはもしかしたら……）

青嘉は焼け跡に足を踏み入れた。放置されたままの遺体を発見するという、そんな最悪の状況もあり得るのかもしれない。見つからないでほしいと祈りながら、大きな梁《はり》であっただろう黒い塊《かたまり》を両手で持ち上げた。何か手掛かりはないか、と目を凝《こ》らしながら、瓦礫を掘り起こしていく。

そうしてくまなく見て回ったが、誰の遺体も見つからなかった。見つからなかったことに、少しほっとする。裏庭にあったはずの井戸はそのまま残っており、水を汲《く》み上げ煤だらけになった手を洗った。

一休みすると気を取り直し、民家が立ち並ぶ集落まで足を向けた。

「――少し訊《き》きたいのだが。町の外れで火事があったようだが、どうしたことだ？」

立ち話をしていた女たちに尋《たず》ねると、皆表情を固くした。

「なんだい、あんた」

余所者《よそもの》を警戒しているのだろう。青嘉は何も知らぬ素振りで言った。

「俺は戦《いくさ》から戻ってきたばかりなんだ。故郷へ帰る途中なんだが、前にあそこを通った時は立派な屋敷が建っていると思っていたが、先ほど見たらすっかり焼け落ちていたので気になってな。確か、皇后様の家族が住んでいると聞いたが」

「皇后？　あれは罪人の家だよ」

「天罰が下ったのさ。やっぱり、天はすべてを見てらっしゃるのよ」

女たちは蔑むように言った。

「天罰……」

「そうさ。陛下の子を殺すような恐ろしい女だもの」

「尹《いん》族っていうのは気性が荒いんだよ」

「……それで、その天罰が下った住人はどうなったのだ？」

「死んだよ。骨まですっかり燃えたって話だ」

動揺を隠し、青嘉は尋ねた。

「…………それは、間違いないのか？」

「町の男たちが燃え跡を探したけど、何も見つからなかったからね」

「炎の勢いがすごかったものね。ありゃあ、一人残らず灰になっても仕方ない」

ぐっと拳を握りしめる。

女たちに礼を言ってその場を離れると、他にも幾人かに声をかけて同様の質問を繰り返した。だが、答えは同じだった。

皆一様に、住人は死んだ、ああなって当然、天罰だ、と口を揃《そろ》える。

（秋海様……）

秋海の優しい笑顔を思い出す。いつも雪媛のことを想っている人だった。

項垂《うなだ》れながら、青嘉は再度焼け落ちた屋敷跡に向かった。

諦《あきら》めきれなかった。何か痕跡はないのかと探し回った。

しかしどれほど探しても、骨の一本、歯のひと欠片《かけら》も見当たらない。やがて日が暮れ始め、青嘉は力なくその場に腰を下ろした。

(雪媛様に、なんと報告すればいい……)

出会った頃から、彼女は何よりも秋海を守ることを自らに課していた。この事実を知れば、どれほど嘆くだろうか。

夕日に照らされた自分の影が長く伸びている。

視線の先には井戸がある。そしてその向こうには、屋敷の裏手にあった通用門が見えた。跡形もない表門と比べて、こちらはその形をいくらか残している。その燃え残りが沈む太陽によって黒々と影を落としていた。

ぼんやりとそれを眺めながらふと、妙な違和感を覚えた。

(……秋海様は逃げようとしたはずだ)

青嘉は立ち上がった。

遺体があるとしたら、出口近辺の可能性が高い。井戸がこれほど無事に残っているのだから、逃げ場と水を求めてここへ秋海たちが集まってもおかしくはない。そうであれば、さすがに遺体の痕跡すら見つからないというのはおかしい。

（そもそも皆の命を奪ってから火をつけたか……？　それとも、屋敷に閉じ込めて、逃げられなくしたか……）

歩きながら通用門の前までやってくる。

（もしくは、逃げ延びたか、だ……）

青嘉は周囲を見回し、ここから逃げた場合の足取りを想像した。町へは向かわないだろう。逆に身の危険があるかもしれない。であれば、人気《ひとけ》のない場所へ向かうはず。

青嘉は山中へと続く道を歩き始めた。


窓の外に視線を向けた。日の光を映して輝く水面《みなも》だけが、唯一その景色の中で変化のあるものだった。夢籠閣《むろうかく》での生活はかくも、無為に過ぎていく。

水面を泳ぐ鳥を眺めながら、雪媛はここで命を落とした柔蕾《じゅうらい》を想わずにはいられなかった。よりによって、この場所に楼閣《ろうかく》を建てるとは。

重い息を吐き、二階の見晴らし台へと足を向けた。宮女がそれを追うように、階段を上がってついてくる。

「……一人にして」

「いいえ、目を離してはならぬと陛下の命《めい》でございますので」

尹族の娘は強張《こわば》った表情でそう言った。目の前で同輩を殺されたことで、ここに仕《つか》える宮女たちは皆すっかり怯《おび》えている。絶対に外へ出さないようにと、常に雪媛を監視するようになった。

（……これでは、場所が変わっただけでいまだ罪人と同じだ）

手すりに寄りかかり、風を感じて息を吸い込む。

ここでは、流刑地にいた頃とは比べ物にならないほど贅沢《ぜいたく》な生活を送っている。軋《きし》まない寝台、卓上に溢《あふ》れる美味な料理の数々、火熨斗《ひのし》の当てられた美しくほころびのない衣《ころも》。

しかし、流刑地以上に自由はない。

斬り殺された娘の顔が脳裏をよぎり、雪媛はぐっと目を瞑《つぶ》った。

もう何度、詫《わ》びの言葉を心の中で繰り返したかわからない。彼女の遺体が運ばれていくのを眺めながら、雪媛は後宮に入って間もない頃のことを思い出していた。

柔蕾、富美人《ふびじん》、それに猛虎《もうこ》――。力なく横たわり、息をしなくなった彼らの姿。何もできなかった無力な自分に絶望していたあの頃。

（もう誰も、死なせないと誓ったのに）

今のままでは、この楼閣から出ることもできないどころか、文《ふみ》を書くことすら許されない。誰の助けも望めない。自ら現状を打破するしかなかった。

（陛下を、動かすしかない……）

結局自分はいまだに、皇帝の意向によって左右される存在なのだ。それが歯がゆく、忌々《いまいま》しい。それでも今は、道はそれしかない。

ただ、不安はある。何の罪咎《つみとが》もない宮女を殺して、碧成は何も感じていないように微笑んでいた。雪媛の知る碧成は、そんな人間ではない。

「――雪媛」

突然背後から腕が伸びてきて、抱きしめられる。碧成が耳元で囁いた。

「すまないな、遅くなってしまった」

いつの間にか現れた碧成に驚きながらも、雪媛はその腕の中で努《つと》めて笑顔を作った。

「……いえ、陛下。お待ちしておりました」

振り返ると、碧成は嬉しそうににこっと笑った。妙に幼く思えた。

眼下を覗《のぞ》くと、橋を渡ってきた侍従たちが大きな荷物を運び込んでいる。

「そなたが欲しがっていた書物を用意させたのだ。それから、そなたに似合う髪飾りをいくつか作らせた。つけてみよ」

控えていた冠希が恭《うやうや》しく箱を掲《かか》げ持ち、碧成に差し出した。蓋《ふた》を開くと、煌《きら》びやかな髪飾りが並んでいる。

「これは……見事な細工でございますね」

「気に入ったか？」

「ええ、ありがとうございます陛下」

嬉しそうに髪飾りを手に取り、しかし雪媛はやがて悲しげに表情を曇らせる。

「どうした、本当は気に入ってないのか？」

「いえ陛下、とても素敵ですわ。……ですが」

小さくため息を落とす。

「陛下のいない時間は、寂《さび》しいものでございます。どんなに素敵な宝をいただくより、陛下とこうしていられることが何よりうれしいのです」

僅かに涙を浮かべてみせる。

「ここで陛下を一人待つのは、あまりに心細く、辛《つら》くて……」

「雪媛……」

「ようやく遠い流刑地から戻ったというのに、これでは……」

碧成は愛《いと》おしそうに雪媛を抱きしめ、黒髪を優しく撫でた。

「そなたがいなくなってから、余も同じ気持ちであった」

碧成はそう言いながら雪媛がつけていた髪飾りを外し、持参した鼈甲《べっこう》の簪《かんざし》を自らの手で挿《さ》してやる。

「そなたを想い、そなたを心配し、そなたに会いたいと願っていた。考えるのはそなたのことばかりだった」

雪媛の顎《あご》に手をかけ、ぐいと自分に引き寄せる。その力が思いのほか強く、雪媛は少し怯《ひる》んだ。

「今、そなたも同じ気持ちで、嬉しい」

雪媛を見つめて笑う碧成の、その表情に一瞬ぞっとした。

手を引かれて部屋へ戻ると、碧成は人払いを命じた。

「今宵《こよい》はここで過ごす。皆下がれ」

「――かしこまりました。失礼いたします」

冠希が静々と部屋を出ていく。

扉が閉められる間際《まぎわ》、雪媛は冠希の表情が僅かに不安そうであることに気がついた。一瞬、目が合う。

——お気をつけください。

そう言われたような気がした。

「……長詩亭《ちょうしてい》の彼岸花《ひがんばな》が、そろそろ咲き始める頃でございますね」

雪媛はさりげなく話題を変えた。

「以前はよく、ご一緒に眺めに参りました。陛下、今年も連れていってくださいませんか?」

ともかく、この楼閣から外へ出る機会を作らなくてはならない。二人での散策ならば、碧成も首を縦《たて》に振るのではないか。

しかし、碧成は笑みを浮かべたまま、

「では、この池の畔《ほとり》に彼岸花を植え替えさせよう」

と、腕に包むように雪媛を抱き寄せる。

「そうすれば、ともにここから楽しめる」

雪媛は僅かに眉を顰《ひそ》めた。それほどまでに頑《かたく》なに、ここに閉じ込めておくつもりか。

「それはとても素敵な案ですわ。……ただ、私もたまには陛下とともに散策がしたいのです。近場でも構いませんから」

「外は危険なのだ。ここから出てはならぬと言ったであろう? またいつ、そなたを陥《おとしい》れる者が現れぬとも限らぬ」

「陛下、そのようにご心配いただくのは嬉しいのですが……」

「それとも、外に会いたい者でも？」

ひどく冷えた口調だった。

雪媛は驚いて顔を上げる。碧成は暗い眼差《まなざ》しで雪媛を見つめると、やがて面を付け替えたかのようににこっと笑う。

「ああ……そろそろ高葉《こうよう》へ戦へ出ていた者たちが戻ってくる予定だ」

思い出したように碧成が言った。

「盛大な祝勝会を催さねばな。余の治世における我が国の更なる発展を国内外に見せつけねばならない。少し忙しくなるが、安心せよ。ここへは毎日必ずやってくるぞ。……そなたを寂しがらせないようにな」

愛おしむように雪媛の髪を撫でる。

「そうそう、青嘉には全軍に先立って帰還命令を出しておいた」

雪媛ははっとした。

「戦から戻り次第、すぐに婚礼を挙げられるように準備を進めさせている。ようやく珠麗《しゅれい》と夫婦となれるのだ。そなたも嬉しいであろう、雪媛？」

うっすらとした笑みを浮かべながら、探るように雪媛を見つめる。その目に潜《ひそ》む淀《よど》んだ影に、胸の奥が冷えた気分になった。

そして、雪媛は悟った。

(陛下は、ご存じなのだ――)

あの夜のことを。

唐突に碧成は唇を押し当て、貪《むさぼ》るように口づけた。

「…………っ」

肌が粟立《あわだ》つ。雪媛は思わず押し返しそうになり、しかし拳を握って堪《こら》えた。

不快感は思った以上だった。

以前なら物になればよかった。何も考えず、何も感じず、この身体は自分のものではないのだからと心を空っぽにすればやり過ごせたのだ。

ところが今、思い出すのは青嘉のことばかりだ。触れ合った感触、抱きしめられた腕、何もかもがまるで違う。

(嫌だ――)

碧成は雪媛を抱き上げると、そのまま寝室へと運んでいく。

「へ、陛下……あの……」

雪媛を寝台に横たえると、碧成は暗い表情でその上にのしかかる。

「何故《なにゆえ》名を呼ばぬ？」

「え？」

「碧成と——そう呼ぶようにと、前に申したではないか。それなのに、そなたはここへ来て以来、一度も余を名で呼ばぬ」

苛々《いらいら》した様子の碧成が、脇にあった花瓶を乱暴に手で払った。勢いよく落下した花瓶が甲高《かんだか》い音を立てて砕け散る。

雪媛は自分が僅かに震えているのを感じた。

「へ、碧成……」

そう呼ぶと、碧成は満足そうに口の端を吊り上げる。

乱暴に雪媛の衣を引き裂く音が響いた。

信じられない思いで碧成を見上げる。ひどく冷たい眼差しが無慈悲に注がれていた。

「碧成……私、今日は気分が……」

「流刑となった間に、後宮の女の在《あ》り方を忘れてしまったのか、雪媛？　皇帝である余を拒《こば》むつもりか」

低く静かな声だった。

覆《おお》いかぶさるその影。

その姿はいつしか、殺したはずのあの男の姿に重なった。

耳元で、低く囁く声がする。

「そなたは一生、ここで余とともに暮らすのだ——雪媛」

逃れようともがいた手は、乱暴に押さえつけられた。


見知らぬ場所で目覚めた時、芳明《ほうめい》はすべてが夢だったのだろうかと思った。しかし身体を起こそうとして恐ろしいほどの激痛を感じた時、現実だと理解した。

芙蓉《ふよう》に毒を盛ったとして捕らえられ、拷問《ごうもん》を受けたのだ。だが釈放された。雪媛が罪を認めたと聞かされて。

(そうだ、雪媛様——)

視線だけを彷徨《さまよ》わせて、周囲を見回す。

薄暗い部屋だった。室内には上品な調度が整えられ、横たわっている寝台も安物には見えない。

(どこ——後宮ではないわ)

だんだんと記憶が蘇《よみがえ》ってくる。釈放された後、誰かが現れて芳明を抱《かか》え上げた気がする。

(江良殿かしら……?)

薬の匂いが鼻についた。

再び身体を起こそうとすると、またも激痛が走り悲鳴を上げる。

「うぅ……っ」

一体自分の身体はどうなっているのだろう。肌は裂け、骨も折れているだろうか。僅かに首を曲げて自分の身体を確認すると、手当てがされ包帯が巻かれていた。

かたん、と音を立てて扉が開き、女が一人、部屋に入ってくる。

「あ……気がついたんですね!」

見たことのない女だった。

「痛みますか? 痛みを和《やわ》らげる薬がありますから、飲みますか?」

「…………」

声を出そうとしたが、喉《のど》が張り付いたようになって上手《うま》くいかなかった。

「……水……を」

掠《かす》れた声を絞り出す。女が慌てて水差しに手を伸ばした。

頭を持ち上げられ、ゆっくりと水を飲むと、ああまだ生きているのだとしみじみ思った。

「薬を塗りますから、身体をうつ伏せにしますね。痛かったら言ってください」

芳明はされるがままになった。いずれにしろ自分で身体を動かせる状態ではない。

「……ここは、どこ」

「安全な場所です。どうぞ気を楽にして過ごしてください。あなたはもう罪人ではありませんし、追われてもいません」

「雪媛様は……うっ……」

痛みに呻《うめ》き声を上げる。

「とにかく今は絶対安静です。健康を回復することだけを考えてください」

「誰が、私をここへ？」

「私は存じません。あなたのお世話をするようにと雇われただけですので」

「……雇われた？　誰に？」

「知人の紹介なので、詳しくは知りません」

女は本当に何も知らないようだった。しかし甲斐甲斐しく世話をしてくれるし、ともかく身を任せるしかない。

それから数日間、この部屋に出入りするのはこの女――名は婷《てい》といった――だけだった。

こんなふうに自分を保護してくれるであろう人間は限られる。江良か、尚宇《しょうう》か、飛蓮だろうか。しかし誰も顔を見せないし、女からその名が出てくることもない。

「ここはどのあたり？　都なの？」

「…………」

婷は何も答えない。

「ここにはあなたしかいないの？」

「…………」

やはり答えない。

（なんだか……おかしい……）

日に日に不審は募《つの》っていった。

ある晩、重い体を引きずってなんとか部屋の中を這《は》った。やっとの思いで扉を開く。

闇の向こうに小さな庭が見えた。

そこに立つ男の姿も。

「……！」

暗闇の中に、大きな体軀が影になって浮かび上がっている。

「──部屋に戻れ」

有無を言わさぬ低い声だった。その声に呼応するように、もう一人、建物の陰から男が姿を現す。彼らは剣を手にしていた。

芳明は息を呑んで、ゆっくりと扉を閉めた。

(見張られてる……？)

これは違う、と思った。

ここに芳明を連れてきたのは、江良たちではない。

翌日から、婷が部屋を出ていく際に、外から鍵をかける音が聞こえるようになった。昨夜のこともあり、芳明が回復してきたので警戒したのだろう。

「何の目的で私をここへ閉じ込めておくの」

尋ねても、婷は困ったように首を振るばかりだった。

「私は知りません。それに……あの、余計なことは言わぬようにと命じられてますので」

「雪媛様は……雪媛様はどうなったの！」

何度もしつこく問い質《ただ》すと、やがて根負けしたように婷は口を開いた。

「あの……噂では、どこかに流刑になったとか……よくは知りませんが」

(流刑……！)

皇后《こうごう》となったのに。

ついにあそこまで登り詰めたのに。

芳明は目を瞑《つぶ》った。それでも、ともかく生きているのだ。ならば希望はある。

一体、雪媛が罪を認めたというのは本当だろうか。そんなはずがないのに。

（……珠麗様）

どう考えても、珠麗に陥《おとしい》れられたとしか思えない。

だが何故《なぜ》、と思う。自分はそれほど彼女に恨まれるようなことをしただろうか。そもそも、芙蓉に毒を盛ったのは珠麗なのか。

（腑《ふ》に落ちない……独賢妃《どくけんひ》に何か恨みでも？　もう後宮を出ることが決まっていたというのに、どうしてそんなことを？　……あの時、息子に会いに行くことを許してもらえなかったから？）

珠麗の息子が落馬した時、芙蓉は彼女が王《おう》家に戻ることを許さなかった。そのことで感情が拗《こじ》れたのだろうか。

そう考えた時、脳裏に浮かんだのは芳明自身の息子の顔だった。

（天祐《てんゆう》……）

獄中では、もう二度と会えないだろうと覚悟していた。しかしこうして命を繋いでみると、会いたくてたまらない。定期的に文を送るようにしていたから、それが途切れて今頃心配しているかもしれなかった。

ようやくまともに歩けるようになっても、芳明は婷の前ではまだ思うように動けないように装《よそお》った。油断させておかなければならない。僅かの隙《すき》でも利用して、ここから脱出しなくてはならなかった。

（でもどうしたら……扉が開けられたとしても、外には見張りがいる）

「少し外に出たいわ……」

芳明は訴えた。

「ここにずっといると気が滅入《めい》るし、庭に出るくらいいいでしょう？」

婷は最初こそだめだと主張したが、やがて渋々承諾《しょうだく》した。まだ自由に動ける身体ではないし、庭には見張りがいるのだから逃げ出せるはずもない、と思ったのだろう。

実際、婷に手を引かれて庭に出ても、芳明には何もできなかった。見張りが出入り口にしっかりと立っているし、この身体では走って逃げることもできない。それでも、自分がどんな場所に閉じ込められているのか、間取りはどうなっているのか、ここがどのあたりなのか、僅かながらに察することはできた。

（随分小さな家だわ……塀の向こうから人の声はしないし、街中ではなさそうね……）

そうして毎日、庭に出ることだけは許されるようになった。芳明は少しでも婷や見張りの男たちを油断させようと、殊更《ことさら》足に力が入らないというふうに装い、時折わざと転んでるのか。


みせたりした。

　そうしているうちに、ある時から見張りが一人に減った。

　足取りも覚束《おぼつか》ない女を何人もで見張る必要はないと考えたのか、それとも他に理由があるのか。

（もう少し……あと何か、少しでも彼らに綻《ほころ》びが出れば……）

　寝台に横たわりながら、芳明は考えていた。

　扉が開いて人が入ってきた気配がしたので、婷が来たのだろう、と思った。

「婷、私今日は……」

　言いかけて、ぎくりとした。そこにいたのは婷ではなかった。

　男が一人、佇んでいる。

　唐智鴻が、静かに芳明を見つめていた。

「……っ」

　芳明は思わず寝台の上で身を竦《すく》めた。

「…………具合はどうだ」

「……あなたが……？」

　喘《あえ》ぐように声を上げる。

「あなたが、私をここへ連れてきたの？」

「彩虹《さいこう》――」

その名を呼ばれ、どきりとする。もう何年も前に捨てた名前。死んだ女の名前だ。

「本当に、彩虹なのだな……」

手が伸びてきて、芳明は思わず振り払った。

智鴻は静かに手を引き、じっと芳明を見つめた。

「生きていたんだな……」

「…………っ」

「よかった……！」

そう言って寝台の端に膝をつく。

「お前が死んだと聞かされて、あの時私がどれほど嘆いたか……！」

その感極まった様子に、芳明は驚いた。

「お前が名を変え後宮にいると知った時は驚いた。しかも罪人として囚《とら》われているなんて
……お前が釈放された時、急いで迎えに行ったのだ。怪我《けが》の具合はどうだ？」

芳明はしばらく、何も言葉が出てこなかった。

「……ここは……ではここは、あなたの家なの？」

「私の別宅だ。何か不自由はないか?」

「……何故」

震える手でぎゅっと寝具を握りしめる。

「何故、私をここへ?」

「放っておけるはずがないだろう! 動くこともできず一人で倒れていたんだぞ!」

「私があのまま死んだほうがよかったのでは?」

「心配していたんだ! だが、なかなかここへ来る時間が取れなくて——」

実際、気遣《きづか》わしげな表情をこちらに向けてくる。

「彩虹——」

「彩虹じゃない!」

ぴしゃりと芳明は言った。

「その女は、あの時死にました。私は芳明です」

しん、と静寂《せいじやく》が降りた。

「…………腹の子は?」

智鴻が尋ねた。

「——流れました」

「そうか……」

天祐の存在までは気づかれていないようだ。ほっとして、しかし一体どういうつもりなのかと芳明は困惑する。

「……ずっと後悔していた。お前のことが、忘れられなかった。あの時お前と一緒になれていたら、どうなっていただろうかと……」

芳明は皮肉げな笑みを浮かべた。

「……毒を盛っておいて、よく言うわ」

「毒？」

智鴻は怪訝《けげん》そうな顔になる。

「何を言っているんだ」

「あなたがくれた薬——あれを飲んで、私がどれほど苦しんだと思うの」

焦《あせ》ったように智鴻は首を振る。

「何か誤解しているのか？　確かに滋養によい薬を渡したが——」

「今更知らぬふりをするつもり？」

「違う！　私はお前が死んだと突然聞かされて、本当に驚いて……！」

本気で動転しているような智鴻の様子に、芳明は混乱した。

「私はあの時、子が出来たと知って——嬉しかったんだ！　父を説得してお前と一緒になるつもりだった！　それなのにお前がいなくなって……私は……！」

手を握られ、芳明は身を固くした。

「お前が生きているとわかって、どれほど嬉しかったか。——柳《りゅう》皇后は流刑になり、お前にこれ以上何かあっては大変だと思い、急いでここに隠した。もう安心していい、これからは私が守ってやる。あの頃、してやれなかった分まで——」

「…………」

その目、その声、その手の温《ぬく》もり。

一瞬にして、記憶が全身に蘇ってくる。熱い眼差しで見つめられ、優しい笑顔を向けられていた日々。

「彩——芳明」

芳明の手をそっと持ち上げ、押し頂くようにその手の甲に口づける。

「…………！」

「本当に、よかった……」

智鴻の目には、僅かに涙が浮かんでいた。

「智鴻……様……」

「子のことは……残念だ。お前もさぞ無念だっただろう」

芳明は呆然としていた。

(どういうこと……)

「芳明、まずはここで身体をよく休めろ。何も心配しなくていいから」

そう言って智鴻は優しく芳明を抱きしめた。

鼻を掠《かす》めた香り。

(智鴻様の匂いだ――)

この腕に、幾度も抱かれた。その心地よさと幸福感が、溢れるように蘇ってくる。

だが違和感もあった。そこに心などなかったのだと、自分はずっと前に悟ったはずだ。

ゆっくりと身体を離し、智鴻は立ち上がった。

「すまないが、今日はあまり時間がないのだ。――また来るから。身体を労《いたわ》るのだぞ」

「智鴻、様――」

「早く元気な姿を見せてくれ」

そう言って智鴻はほほ笑むと、部屋を出ていった。

ひとり取り残された芳明は、頭が真っ白になって、寝台の上で呆然と閉じた扉を見つめていた。

「──絶対にここから出すな。外のことも何も話すなよ」

智鴻は使用人たちにそう厳命して、最近新しく構えたこの別宅を後にした。

(しばらく通う必要があるな──毒の件はまだ半信半疑だろう)

信じ込ませなければならない。

毒を盛ったのは自分ではないと。本当は彼女と夫婦になるつもりだったのだと。

(まさか柳雪媛の侍女になっているとは)

調べてみると芳明は、先帝時代から長年雪媛の傍《そば》に仕えているという。そうであれば雪媛の信頼も厚いであろうし、内情にも精通しているに違いない。

碧成の、柳雪媛への執着は強い。今後どのような情勢になったとしても、雪媛に関する情報を握っておくに越したことはない。

(上手《うま》く使えば、完全に柳雪媛の息の根を止められるかもしれない──)

あの時死んだはずの女が、意外な形で役に立ってくれそうだ。

だがそのためには、自分が彼女を殺そうとした事実が邪魔だった。なかったことにしなくては。

そう難しくはなさそうだった。先ほどの、芳明の様子を見る限りは。

(子は、流れたか——)

あの時——子どもができたと知らされた時、自分とて葛藤《かっとう》したのだ。あの毒を、良薬と言って彼女に渡した夜は眠れなかった。

そう、自分も辛かったのだ。

そんなことをさせる彼女に、苛立ちすら覚えた。結婚などするつもりもなかったのに身《み》籠《ご》もって、一緒になりたいと縋《すが》ってきて。

苦渋の決断だった。ほかにどうすることもできなかったのだ。

だから責めないでほしい。

万が一養父に知れていたら。縁談が破談になっていたら。彼女が死んだと知ったときにようやくその恐怖から解放され、そして今の自分がある。

あともう少しなのだ。

皇帝の信頼を勝ち取り、確かな力を手に入れるために。

三章

水辺で誰かが過ごしたであろう痕跡を見つけたのは、焼け跡を後にしてから三日のことだった。火を焚《た》いた形跡、それに足跡。秋海《しゅうかい》たちのものであるかどうかはわからないが、それでも青嘉《せいか》はその先に他の手掛かりはないかと探し回った。

（火事場を逃げ出し、身を隠したはず。助けを求めようにも、町の者に見つかれば殺されるかもしれない。どこへ向かうか……ずっと山に潜《ひそ》み続けるわけにもいかないだろう。頼れそうな身内はこのあたりにはないはずだが）

考えながら山道を登り、かつて雪媛《せつえん》が先帝の快癒《かいゆ》を願って訪れた瑞輪山《ずいりんざん》の光耀寺《こうかいじ》まで辿《たど》り着く。寺の僧侶に心当たりはないかと尋《たず》ねてみたが、芳《かんば》しい答えは返ってこなかった。

更に進んで、目の前にいつぞやの湖が現れると、青嘉はしばし休憩しようと馬を降りた。

（ここに来るのは、あの時以来だな）

雪媛と二人、真夜中にここまで歩いた。歩いたのはあくまで自分で、雪媛は背中に乗っていただけだが。

馬に水を飲ませながら、意識は自然と雪媛へと向かった。

今頃、さぞ心配しているだろう。しかし報告するにも、現状をありのままに伝えれば更に不安を煽《あお》るだけだ。

更に数日間山中を歩き回り、どこかに秋海たちが身を潜めてはいないかと探し回った。

だが手掛かりは一向に得られず、焦《あせ》りばかりが募《つの》っていく。

(少人数とはいえ、まったく人目に触れずにどこかへ逃げ延びたとも考えにくいが……)

そろそろ食料も尽きる。仕方なく、一度大月《たいげつ》の町へ戻るため馬に跨《また》がろうとした。

その時、どこかから視線を感じた。はっと振り返ると、木陰に隠れるように動いた影が視界に映り込んだ。

「――誰だ！」

青嘉は剣の柄《つか》を握りしめる。

「出てこい」

声を上げると、木の幹の向こうからおずおずと顔を出す者があった。

「…………青嘉殿？」

自分の名を呼ばれ、青嘉は驚いた。

相手の顔をよくよく眺めてみる。見覚えがある気がした。

「お前は……」

「覚えてらっしゃいますか、朱《しゅ》家の鉄生《てっせい》でございます」

言われて思い出す。確かに、江良《こうりょう》の家で何度か見たことのある下男だ。

「こんなところで一体何をしている？」

剣から手を放すと、鉄生はほっとしたように近づいてくる。

「ああ、よかった。青嘉殿だったのですね。てっきり件《くだん》の放火犯の一味かと……」

「何？」

「光耀寺の僧から連絡があったのです。このあたりを探っている怪《あや》しい男がいると」

「寺の僧だと？　何故《なにゆえ》そんな……」

「青嘉殿。秋海様は朱家で保護しております」

青嘉は驚いた。

「何だと？」

「ご案内いたします。どうぞこちらへ。江良様もいらっしゃいます」

「――江良も？　一体どうなっている」

困惑《こんわく》しながらも、馬を引いて鉄生の後をついていく。道々、鉄生は経緯《けいい》を説明してくれた。

「秋海様は火事のあった夜、自力で脱出なさったのです。それからはしばらく山中に身を潜め、その後は光耀寺に匿《かくま》われておりました」

「光耀寺？　だが光耀寺の僧侶たちは、何も知らぬと……」

「誰に尋ねられても知らぬ存ぜぬを貫《つらぬ》きますよ、彼らは。最初に江良様が秋海様を捜しに来られた時もそうでした。ただ、江良様はあの寺が怪しいと睨《にら》んでおいででした。雪媛様はあの寺に相当な寄進をされておりましたし、代わりに母上のことをよくよく気にかけてもらうようにと以前から頼んでいたそうで」

「……そうか」

「それで、今は当家の別宅に移っていただいております」

「では、無事なのだな？」

するとと鉄生は少し表情を曇らせた。

「……ええ、はい」

青嘉は胸を撫で下ろした。ようやく雪媛にいい報告が出来そうだ。

「しかし、このあたりに朱家の別宅などあったか？」

「今ではほとんど使われておりませんが、先々代が妾宅《しょうたく》として使っておられたお屋敷です」

「なるほど……」

　鉄生の案内で辿り着いた朱家の屋敷は、大月から都へと向かう道中の小さな町にあった。妾宅であったというだけあって、大きくはないもののなかなかに金をかけて造られたことがわかる、品のよい屋敷だ。

「鉄生？　戻ったのか──」

　江良が出てきて、青嘉の姿を見て目を丸くした。

「青嘉⁉　お前、どうしてここに……」

「秋海様は⁉」

　摑みかかるように江良に尋ねる。

「どこにいらっしゃるんだ！」

「おい、落ち着け！　──ああ、なんだ。じゃあ秋海様の行方《ゆくえ》を捜している男というのはお前だったのか」

「ああ、雪媛様から頼まれた」

「雪媛様？　雪媛様は今、反州《たんしゅう》に流されて……」

「だから反州まで行ってきた」

　呆《あき》れたように青嘉の顔を眺めてから、江良は額《ひたい》に手を当てて唸《うな》った。

「……お前、それがばれたらどうなると思って……」

「それで、秋海様は？」

「こっちだ。……安静が必要なんだ。騒ぐなよ」

その言葉に青嘉はぎくりとした。

「どこか悪いのか。怪我《けが》を？」

江良は何も言わず、こっちだ、と案内する。奥の部屋に通されると、そこには丹子《たんし》がいて、青嘉を見ると驚いて声を上げた。

「あなたは、雪媛様の……」

「お久しぶりです、丹子殿。ご無事そうでなによりだ」

「ええ、私は……」

するとと丹子は表情を曇らせる。

「ですが、奥様が……」

部屋の奥に据えられた寝台の上に、秋海の姿があった。青嘉はその姿に息を呑んだ。

秋海の顔は右半分が包帯に覆《おお》われており、さらに肩から腕にかけても同様のあり様だった。

声に気づいたのか、小さく、

「……丹子？」

と秋海が問いかけた。

青嘉は恐る恐る寝台に近づいた。秋海は身体を動かすことができないのか、横たわったまま目線をこちらに向けた。包帯から出ているのは、左の目だけ。

「秋海様……」

「……まぁ、青嘉殿」

弱々しい声だった。

「ごめんなさいね、こんな格好で」

「……これは、どうしてこんな……」

「私のせいなのです」

丹子が両手で顔を覆った。

「私の足が言うことをきかないから……！　柱が焼け落ちてきて……奥様は私を庇《かば》って……！」

「やめなさい丹子。私の不手際《ふてぎわ》ですよ、それだけです」

「でも……」

「大袈裟《おおげさ》よ。命は助かったのだし、もうその話はおやめなさい」

「……雪媛様が、大層心配なさっておいでです」

青嘉が言うと、秋海は目を瞬《しばた》かせた。

「雪媛が？　会ったの？」

「はい」

「あの子、どうしていた？　ちゃんと食べているかしら？」

「……はい。流刑地《るけいち》で、見張りの兵士まで味方につけて、思いのほか自由にしておられます」

それを聞くと、秋海は僅《わず》かに目を細めた。

「ああ、よかったわ……」

安心したように息をつく。

「あの子には、私はなんてことないと伝えてくださる？　怪我のことは言わないで。変に心配をかけたくないわ」

「……承知しました」

「青嘉、もうこれくらいに。そろそろ薬の時間だろう、丹子」

「はい、左様《さよう》で……」

「では、私はこれで。――失礼します」

部屋を出ると、こちらの声が中には届かないであろうあたりまで離れてから、青嘉は江良に尋ねた。

「──怪我のほどは、実際はどうなんだ？」

「ひとまず、命には関《かか》わらない」

ため息交じりに江良が言った。

「だが、右手には後遺症が残るだろうと医者に言われた。関節を上手《うま》く曲げられなくなったり……。それに、顔にも痕《あと》が残るそうだ」

「……そうか」

「秋海様の姿を雪媛様が目にすれば、ご自分を責めるに違いない」

「ああ……」

「それにしても青嘉、お前こんなところにいると知れたら問題だぞ。戦《いくさ》に勝利したという話は聞いているが、まだ軍は帰還していないはずだろう。抜け出してきたのか？」

「怪我をして戦線離脱したということで、洪《こう》将軍がなんとかしてくれる。──江良、悪いが人を貸してくれ。雪媛様に文《ふみ》を届けてほしい。急ぎでだ」

「……秋海様の仰《おつしや》る通り、怪我のことは知らせるなよ」

「わかってる」

「とりあえず、今日はもう遅い。泊まっていくだろう?」

「ああ、悪いな。……お前はずっとここにいるのか?　礼部《れいぶ》での勤めはどうした」

するると江良は肩を竦《すく》めてみせる。

「今の都に、柳《りゅう》雪媛派だった者の居場所なんかないのさ。俺もそのうち、地方へ飛ばされるだろう」

「――雪媛様は、独賢妃《どくけんひ》の件については無実だと仰っていた」

それを聞くと、江良は安堵するような表情を浮かべた。

「そうか、やはり雪媛様ではないか……」

「此度《こたび》の件には、雪媛様を陥《おとし》れようとする陰謀があったはずだ。首謀者が誰なのか突き止め、無実を証明しなくては」

「それができれば一番だが――難しいぞ。我々が後宮《こうきゅう》で起きたことを調べるのは不可能に近い。せめて芳明《ほうめい》がいれば……」

「芳明はどうしているんだ?」

「行方《ゆくえ》がわからない。釈放されたのは確かだが、その後の足取りがまったく摑めないんだ」

それを聞いて、消されたのではないか、と青嘉は暗澹《あんたん》たる気持ちになった。芳明は何か知っていたのかもしれない。真犯人はそれが漏《も》れることを危ぶんで――。

（もしそうであれば、秋海様同様に、雪媛様にとっては酷な話になる）

「雪媛様を有罪と断じた薛雀熙《せつじゃくき》様のことは、よく知っている。俺が御史台《ぎょしだい》にいた頃に世話になった方だ。あの方の裁きなら公正な判決であることは間違いないんだ。だが……」

「何か、気になることが？」

「最終的な決め手は、雪媛様が自白をしたことだ。呪いによって賢妃の子を殺した、と。だがそれは恐らく、芳明を救うための偽証だ。最初に疑われていたのは芳明で、捕らえられた時に彼女が紅花《べにばな》を所持していたのが決め手になった。しかも、芳明が賢妃の厨《くりや》で怪しい動きをしていたのを見たと証言した者がいたんだが……」

江良は少しその先の言葉に躊躇《ためら》っているようだった。

「青嘉、その証言者というのが――珠麗《しゅれい》だ」

「義姉上《あねうえ》が？」

「ああ。珠麗が嘘をついているとも思えないが……実際には何があったのか、芳明に直接問い質《ただ》せればな」

芳明が雪媛の指示もなく勝手な真似をするとも思えない。だが珠麗が見たと言う以上、何かがあったのかもしれない。

「……俺は都へ戻る。義姉上に話を聞いて、芳明の行方も捜さねば。江良は？」

「俺はしばらくここに。秋海様がもう少し回復するまではな……。気をつけろよ、青嘉。お前も、それから瑯《ろう》や潼雲《どううん》も戦場に出ていたとはいえ、雪媛様に仕《つか》えていたことは皆が知っている。都へ戻れば、風当たりは強いぞ」

「ああ……」

その夜、青嘉は小さな灯《あか》りの下で雪媛に宛てた文をしたためた。

考えてみれば、こんなふうに彼女に宛てて文を書くのは初めてだった。それほどに、いつもその傍《かたわ》らにいたのだ。

そしてそれは、どれほど贅沢《ぜいたく》な時間であっただろうか。


身体のあちこちが痛む。雪媛は重い身体を引きずるように、青白い顔で寝台を降りた。

碧成《へきせい》はすでに朝議《ちょうぎ》に向かった。宮女が身体を清めるための湯を運んでくると、雪媛はされるがままになった。腕に残った痕をじっと見下ろす。碧成に強く掴まれた部分が青くなっていた。

自《みずか》ら言った通り、碧成は毎日欠かさずこの夢籠閣《むろうかく》へやってきた。一日中入《い》り浸《びた》ることも、日が暮れてからやってくることもあった。

以前ならやり過ごせた行為も、今は苦痛が勝った。

碧成は一向に雪媛の言葉に耳を貸さない。何を言っても、懇願《こんがん》しても、宥《なだ》めすかしても、すべて聞き流されてしまう。

(もう、私の思う通りにはならないということか……)

「お食事をお持ちします」

「——待って」

出ていこうとする宮女を呼び止めると、雪媛は小さく折りたたんだ書状を差し出した。

「これを、柳家に届けてほしいの」

宮女ははっと青ざめて身を引いた。

「できません」

「お願いよ。——これを」

そう言って高価な指輪を手に握らせる。娘は驚いて手の中を覗《のぞ》き込んだ。

「お願い」

「でも、見つかったら……！」

殺される、と怯《おび》えているのだろう。その気持ちは十分にわかる。

雪媛は優しい声音で囁《ささや》いた。

「このまま私がここに閉じ込められ続ければ、お前たちも永遠にその恐怖に支配されるのよ。いつ殺されるかわからない、そんな状態でずっと生きるつもり？ ……何もしなければ、何も変わらないわ。これは、お前たちを救うためでもあるの。なんとか見つからないように届けて」

「………………」

宮女は困惑《こんわく》した様子で黙り込む。

「……お願い……！」

涙を浮かべたのは、同情を引くためだった。しかしそれはもはや演技ではなく、あまりにも自然に溢《あふ》れ出た。娘の手を握りしめた自分の手は、小刻みに震えている。

宮女は険《けわ》しい表情で俯《うつむ》き、覚束《おぼつか》ない手つきで書状を懐《ふところ》にしまった。

「…………わかりました」

部屋を出ていく宮女を見送り一人になると、雪媛は一気に緊張が解けたようにその場に膝《ひざ》をついた。涙はまだ、頬を濡らし続けている。

（お願い……どうか、無事に届きますように……）

青嘉は今頃、どこにいるだろうか。

雪媛が後宮にいると、もう知っただろうか。

何をする気も起きず、雪媛はその日一日、ひたすら宮女からの報告を待った。気分は落ち着かず、悶々《もんもん》とした時間が過ぎていく。

やがて宵闇《よいやみ》が迫り始め、碧成が橋を渡ってくる足音が響いてくる。雪媛は身を固くした。

また、この時間がやってくる。重い足取りで、彼を出迎えるために部屋の外へと出た。

「……お待ちしておりました」

碧成は何も言わずに雪媛の傍《そば》を通り過ぎ、部屋に入って長椅子に腰かける。

「お酒を用意させましょうか」

雪媛の問いに返事もせず、おもむろに懐から何かを取り出す。その手の中にあるものに、雪媛は愕然《がくぜん》とした。

宮女に託した書状と、指輪だ。

碧成が、つまむように持っていた指輪から、興味を失ったかのごとく手を放した。

こーんと高い音をたてて床に跳ねる。ころころと転がっていくそれを、雪媛は呆然としながら見送る。

「そこにいる宮女が、余に届けてくれた。……忠実な臣下がいてくれて、余は嬉しい」

雪媛は部屋の入り口に控えている宮女に目を向けた。彼女は真っ青な顔で俯いている。

「雪媛、余の言ったことを忘れたのか？」

屈託のない笑顔で、碧成は手の内の書状をひらひらと弄《もてあそ》んだ。

「……それは……」

雪媛が口を開こうとすると、それを阻《はば》むようにぐしゃり、と手にした書状を握り潰《つぶ》す。

「誰に会うことも、連絡をすることも、許さぬと言ったであろう？」

小首を傾《かし》げながら、ひしゃげた書状をぽとりと床に落とした。雪媛は僅かに汗が滲《にじ》むのを感じる。

「……碧成、お願い。お母様のことが心配なの。どうしても、安否《あんぴ》を確認したくて――」

突然、碧成は腕を振り上げた。がたん、と音を立てて傍らの衝立《ついたて》が床に倒れる。

皆が身を竦ませるのがわかった。

「……下がれ」

その言葉に、宮女と侍従《じじゅう》がそそくさと退出していく。雪媛は僅かに後退《あとじさ》った。

立ち上がった碧成が、ゆっくりと近づいてくる。

伸びてくる腕を、雪媛は絶望的な気分で見つめていた。

　青嘉が数カ月ぶりに自邸の門を潜《くぐ》ると、何やら慌《あわ》ただしい気配に包まれていた。大きな荷物を忙しく運ぶ者が行き交い、かけ声と槌《つち》を打つ音が庭のほうから響いてくる。

「旦那様、お帰りなさいませ！　今日お戻りとは――」

　家令《かれい》が駆けてきて、青嘉の顔を見ると嬉しそうに破顔《はがん》した。

「騒がしいが、何かあったのか？」

「あ……申し訳ございません。陛下より、急ぎ準備しろと命《めい》がございましたので」

「陛下から？」

「はい。旦那様がお戻りになり次第、すぐに婚礼を挙げられるようにと……」

　青嘉は眉を寄せた。

「婚礼……」

「珠麗様もお待ち申し上げておりました。ああ、旦那様がご無事でお戻りになって、本当によかった。戦場ではご活躍だったと聞いております！　おめでたいこと続きでございますなぁ！」

「……義姉上はどこに？」

「お部屋においでてございますが……」

　あのう、と家令は遠慮がちに、しかし喜ばしい様子で言った。

「旦那様、もう義姉上と呼ぶのはおやめになったほうが」

「……………」

何も言わず、珠麗の部屋へと向かう。

「──義姉上、失礼します！」

扉を開くと、こちらに背を向けた珠麗が中央に立っていた。鮮やかな柘榴《ざくろ》色の衣装が目に飛び込んでくる。その場にいた使用人たちが青嘉の顔を見て目を丸くした。

「まぁ、旦那様」

「おかえりなさいませ」

ゆっくりと振り向いた珠麗の姿に、青嘉はようやく理解した。

これは婚礼衣装だ。

「青嘉殿。お戻りとは気づかず、失礼しました」

珠麗が申し訳なさそうに言った。

「旦那様、今は仮縫いの途中でございますので……」

珠麗の足元で裾《すそ》を詰めている針子が遠慮がちに言った。言外に出ていけとほのめかされているのはわかったが、青嘉は険しい表情のままそこを動かなかった。

「……義姉上、お話があります」

ただならぬ青嘉の様子に、使用人たちは戸惑《とまど》ったように二人のやりとりを見守っている。

珠麗は僅かに瞼《まぶた》を伏せると、「皆、少し外してちょうだい」と言った。

扉が閉められ二人だけになると、青嘉はため息をついた。

「義姉上、これはどういうことです」

「これ、とは？」

「婚礼のことです」

強い語気で問い質す青嘉に対し、珠麗はあくまで冷静だった。

「……陛下からのご命令なのです。青嘉殿がお戻りになり次第、すぐに婚礼を挙げるようにと。祝いの品や金子《きんす》まで贈ってくださいました」

「――私は、義姉上と結婚することはできません」

こうして、はっきりと口にしたのは初めてだった。

珠麗は動揺する気配もなく、ただゆっくりと青嘉を見上げた。

「……何故《なぜ》？」

「私は義姉上を家族として大切に思っています。ですが――義姉上は兄上の妻であり、志《し》宝《ほう》の母です。私にとってはそうなのです。兄上の傍で、義姉上は幸せそうでした。……何より、兄上が義姉上を心から愛《いつく》しんでいたのを、私は知っています」

「……劉嘉《りゅうか》殿は、私にはもったいないくらい、素晴らしいお方でした」

珠麗は大層落ち着いているように見えた。怒るわけでも取り乱すわけでもない。

「ですが、それが……青嘉殿がこの婚姻を拒《こば》む本当の理由ですか？」

見透かすような目だった。

黙り込んだ青嘉に、珠麗は俯く。

「いずれにしろ、陛下の命に逆らうことなどできません。陛下は王《おう》家の存続と安泰《あんたい》のため、青嘉殿が早く落ち着かれて、跡継ぎをもうけることをお望みなのです。『無心を己《おのれ》の血とせよ』が王家の家訓のはず。陛下の御心《みこころ》に従うのが臣下の本分では？」

「義姉上はそれでよいのですか⁉」

「では、主命に逆らうと？　そうなれば、この王家はどうなるとお思いですか。志宝の未来はどうなりますか？」

問い詰められ、青嘉は言葉に詰まった。

「……志宝の様子は？」

「相変わらず、塞《ふさ》いでいます。部屋から出ようとしませんし、ひどく癇癪《かんしゃく》を起こしたり――」

互いにそれきり黙り込んだ。

　しかしやがて、沈黙を破ったのは青嘉だった。

「……義姉上、訊《き》きたいことがあります。独賢妃の流産の件です」

珠麗の睫《まつ》毛《げ》が微《かす》かに揺れた。

「芳明が毒を盛ったのだと、義姉上が証言したと聞きました。──真ですか」

珠麗は真っ直ぐに青嘉を見据えた。

「そうです」

「……本当に芳明を見たのですか？」

「ええ」

「彼女が、独賢妃の食事に紅花を入れるところを？」

「いいえ、そこまでは。ですが、彼女が厨《くりや》に出入りするのを見たのは確かです。それに、彼女の巾着《きんちゃく》が厨に落ちていました。そしてその中には紅花が。──私も、芳明様がそんなことをするなんて信じられませんでした」

　では本当に芳明なのか。青嘉は考え込んだ。

「でも──私の証言など、意味がなかったようです」

「え？」

「結局芳明様は釈放され、賢妃様の御子は呪いによって殺されたのだと判じられました。

——柳雪媛というお方は、罪人となってもとんでもない力をお持ちのようです」

表情を曇らせ、珠麗は背を向けた。

「さぁ、青嘉殿がお戻りになったなら急がなくては。式の日取りを決めて、招待状の準備も……」

「義姉上——」

「この衣装を早く仕上げなくてはなりません。——もう、出ていっていただけますか？」

きっぱりとした拒絶を感じた。

これ以上は話をするつもりがないということだろう。

「……婚儀の件は、私が皇宮《こうぐう》へ行って、陛下にご再考をお願いしてまいります。ですから、それまでお待ちくださいさい」

珠麗は何も言わない。

「——失礼します」

青嘉は部屋を出ると、珠麗の背中を見つめながら静かに扉を閉めた。

天まで届きそうな城壁。広く広く、どこまでも続く大路《おおじ》。

川の流れのように雑多な人々がせわしなく行き交う中、眉娘《びじょう》は抱《かか》えた荷物にしがみつくように右往左往《うおうさおう》していた。

初めて見る都。その壮大さに圧倒される。くらくらして、逃げるように道の端へと寄った。顔を覆う長い前髪をさらにかき寄せて、世界との帳《とばり》にした。それでようやく僅かに平常心を取り戻し、一息つく。

と、見たこともない巨大な動物が目の前をのそのそと横切っていったので、口をぽかんと開けて仰ぎ見た。馬よりも首が長く、体中に黄褐色《おうかっしょく》の毛が生え、背中に大きなこぶが盛り上がっている。大量の荷物を背負い、前を行く異国の言葉を話す商人に先導されたその動物は、何頭も列になって続いている。

そわそわと携帯用の筆と紙を取り出した。急いでその未知の動物の姿を写し取っていく。

(前脚と後ろ脚が、左右一緒に前に出るのね……不思議)

すると今度は大層美しい女が三人、日傘を片手に笑いさざめいているのに出会った。派手な身なりからして、どこかの妓女《ぎじょ》だろうか。そのあまりに垢《あか》ぬけた艶《あで》やかさに眉娘はついつい見惚《みと》れ、これもまた手早く素描《そびょう》する。彼女たちの眉は八の字のようにひどく下がり気味に描かれている。

(眉を下げて描くのが、今の都の流行《はや》りなのかしら?)

さらに、その背後に聳《そび》える高い高い塔の入り組んだ繊細な装飾。なんと見事なことか。

ぼうっと見惚れていると、ふと視線に気づいた。男が二人、こちらを見てひそひそと囁いている。

慌てて俯いた。この醜《みにく》い痘痕《あばた》だらけの顔を初めて目にすれば、誰だって嫌な気分になるだろう。雪媛が化粧を施《ほどこ》してくれた時には少しだけ勇気が出たけれど、やっぱり普段はどうしたって気が引ける。

ふと、自分の足元に伸びる影が長くなっていることに気づく。街の様子に目を奪われているうちに、いつの間にか随分《ずいぶん》と日が傾いていたのだ。

「い、いけない！」

いつまでもこうしているわけにはいかなかった。広げた紙を急いで丸めて荷物にしまいこむ。

通りがかりの幾人かに道を尋ねながら、眉娘はようやく本来の目的地に辿り着いた。

「……ここ？」

恐る恐る、その厳《いか》めしく大きな門を見上げる。

（なんて立派なお屋敷……）

ごくりと唾《つば》を飲み込んだ。きょろきょろと周囲を見回し、本当にここなのかと逃げ出したい気分になる。

　都に来てよかったのだろうか、と戸惑いと後悔が駆け巡った。懐に忍ばせてある一通の書状にそっと手を当てる。今の自分にとって、これだけが頼みの綱なのだ。

　すると門が開いて、若い娘が数人、不満そうな顔をして出てきた。

「今日こそお会いできると思ったのに」

「どうする、外で待つ？」

（……？）

　眉娘は彼女たちと入れ替わりに、意を決して中へと足を踏み入れた。

「あのう……すみません」

　ちょうど目に留《と》まった少年に、おずおずと俯きがちに声をかける。

「こ、こちらに、司飛蓮《しひれん》様はいらっしゃいますか？」

　すると相手は、少しうんざりしたような表情を浮かべた。

「飛蓮は──あ、えーと、旦那様は外出中です。悪いけど、差し入れや付け文《ぶみ》は受け取りません」

「……差し入れ？」

　眉娘はぽかんとした。少年はため息交じりに言う。

「うちの旦那様は役者ではないので、そういうのは困るんです。呉月怜《ごげつれい》と似てるって騒がれるのは迷惑なんですよ。すみませんがお引き取りになってもらえますか。こう毎日続くんじゃあ……」

何か誤解されているようだった。眉娘は慌てて、懐から書状を取り出す。

「あ、あの、私は雪媛様にご紹介いただいて——反州《たんしゅう》からまいりました、陳《ちん》眉娘と申します！」

すると雪媛の名を聞いて少年はぴくんと反応し、目を丸くした。

「雪媛様、って言った？」

「は、はい、あの……わ、私、絵の修業のために都にまいりました。それで、こちらの司飛蓮様であれば力になってくださるだろうから、頼るように、と雪媛様が……ええと、こちらが紹介状です」

「————雪媛様だと⁉」

唐突に別の声がして、眉娘は驚いた。どたどたと音を立てて、屋敷の中から一人の青年が飛び出してくる。

「雪媛様から、俺に文が⁉」

「どこで聞いてたの飛蓮？」

呆れたように少年が言った。

（この方が飛蓮様？）

では外出しているというのは嘘だったのか。眉娘は身を縮こまらせて、さらに顔を下に向ける。

眉娘から奪うかのごとく書状を手に取ると、飛蓮は食い入るように読み始めた。その間、ほとんど存在を認識されていないらしい眉娘は、じりじりとした気分で足元を見つめていた。都のこんな立派なお屋敷の旦那様など、眉娘にとってはほとんど雲の上の存在だ。言葉をかけるのも憚《はばか》られた。

（考えてみれば……雪媛様も、本当なら私なんか口をきくのも許されないような方なんだわ。このお屋敷くらい、いいえ、もっととんでもない宮殿に住んでいらっしゃるのよね）

あのように鄙《ひな》びた山中でともに時間を過ごしたことで、少し感覚が麻痺《まひ》していたことに思い至る。今更ながら、相当な不敬を働いたのでは、と不安になってきた。

「ねぇ、雪媛様はなんて？」

気になって仕方がない、というように、少年が書状を横から覗き込む。

「……この娘を頼む、と。よい絵師に紹介して絵の勉強をさせてやるように……」

飛蓮はどこか嬉しそうに書面から顔を上げた。

「雪媛様が、俺を頼ってくださった……！」

そして興味深そうに眉娘に目を向ける。

「それで、そなたは雪媛様とはどういう関係なのだ」

飛蓮に尋ねられ、眉娘はびくりとした。

「あ、あの、ええと……せ、雪媛様が反州にいらっしゃる間、身の回りのお世話をさせていただいて……」

「雪媛様はこの間、後宮に戻られたんだよね？」

少年が飛蓮に確認するように訊《き》いた。

「ああ。俺もまだ会えていないが……」

「雪媛様が都へ戻られる際、この紹介状を書いてくださって……」

あの時急いでしたためた書状が自分のためのものだと知って、眉娘は心底驚いたのだ。

「都に司飛蓮という貴族がいるから、訪ねなさい。お前の力になってくれるはずだ」

そう言って、雪媛は輿《こし》に乗り込んでいった。眉娘はただただ呆然としてしまって、そのまま雪媛を見送ることになったのだった。

以来、眉娘はひどく悩んだ。折角《せっかく》の紹介状だが、自分が都に出るなどと考えたこともない。ただ、このままずっと叔父《おじ》一家の世話になるわけにはいかないとも常々思っていた。

この顔では嫁に行けるとも思えないし、自分で生きていくための道を探す必要がある。

雪媛が去って数日後、青嘉からの文が届いた。

ずっと雪媛が待ちわびていたものだ。

これを、雪媛のもとに届けなくてはならない。そう思い、ついに気持ちの踏ん切りがついた。

都に行くことにした、と話すと、燗流《かんる》は「それがいい」と賛成してくれた。

「俺ももうここではお役御免だ。別の任地に行くことになった。元気でな」

ひどくあっさりした別れ方が、燗流らしいと思った。そうして眉娘は、生まれ育った里を初めて出て、ついに都へ上ってきたのだった。

「ふぅん……よほど気に入られたんだな、雪媛様に」

感心したように飛蓮が言った。

「えっ、いえ、あの、私のほうこそ雪媛様にはいろいろとよくしていただいて……感謝、しております……その、ここまでしていただけると思ってなかったので、ご厚意に甘えてしまって本当にいいのかなとも思ったんですけど……でもその、誘惑に勝てなかったといいますか……本当、厚かましいのですけど……」

声がどんどん小さくなっていく。とともに、身体をさらに縮めた。

わかった、と飛蓮は書状を畳んだ。

「ともかく我が家の客人として迎えよう。……が、絵師の件はなぁ」

思案するように首を傾げる。

「まずはそなたの腕前が見たいな。描いたものがあれば見せてくれるか」

「えっ……！」

「話を通すにも、そなたの絵を見せる必要があるだろう。雪媛様が見込んでいるのであれば相応の腕なのだろうな？」

眉娘は怯《ひる》んだ。これまでに自分の絵を見た者は数えるほどだが、雪媛や燗流を除けば里の者ばかり。どれほど褒《ほ》められたところで、完全に井の中の蛙《かわず》状態であることは自覚している。それなのに、雪媛の紹介であるというお墨付きだけで実力を買い被られている。

（ど、どうしよう……この程度か、と笑われるに決まってる）

「えーと……」

「なければ、後で描いて持ってきてくれ。画材が必要なら用意させる」

「えっ！　そ、そんな、そこまで甘えるわけには！　あの、必要なものは持ってきましたので……！」

ぱっと顔を上げて、しかし慌ててすぐに俯いた。

先ほどから前髪の間に僅かに見える貴公子は、大層な美丈夫《びじょうふ》であるらしい。少しだけ視界に入った顔の輪郭《りんかく》は、一度は筆写してみたいような極上の線を描いている。そんな相手に自分の顔を見られることが恐ろしくて、眉娘はひたすら地面を見つめて頭を下げ続けた。

「柏林《はくりん》、部屋を用意してくれるか」

「わかった。――ええと、眉娘さん？　こっちへどうぞ」

「は、はい」

荷物を両手で抱えながら、眉娘は不安と高揚感でいっぱいになった。

自分が本当に都で絵を学ぶことができるのかは、まだわからない。それでもとにかく、そのための第一歩を踏み出したのだった。


眉娘を部屋に案内して戻ってきた柏林は、飛蓮が庭先で妙な顔をしているのに気がついた。

「飛蓮、どうしたの？」

飛蓮は眉を寄せて、何か腑《ふ》に落ちない、とでもいうように首を傾げている。

「……なぁ柏林、今日の俺はどうだ」

「は？」

「どこかおかしいか？」

両手を広げて、どうだ、と問う。

「……いつも通りじゃない？」

「そうだよな」

「え、何なの？」

「さっきの娘……」

「眉娘さん？」

「そう、その眉娘。……俺を見ても、何の反応もない……というか、俺を見ようともしなかった」

柏林は目を瞬《まばた》かせた。

「え？」

「どんな女も、俺と会うと最初の反応なんて決まり切っているんだ。――俺の顔に見入ってぼうっとなる。大抵はそこから目が潤《うる》みだして頬が赤らむのが一連の流れなんだ。それがあの娘、まったくの無反応とは……こんなことは初めてだ。あえて言うなら雪媛様だけは別だったが」

「……なにそれ、自慢？」

　すると飛蓮はふんぞり返るように言い放った。

「この顔はなぁ、飛龍《ひりゅう》の顔なんだぞ！　俺の弟はどんな女でも手玉にとってものにしてきたんだ！　その顔が否定されるなんて……！」

「それ自己愛なの？　兄弟愛なの？」

「納得いかない！」

　柏林は呆れて肩を竦めた。

「飛蓮みたいな男にぴんとこない女性だっているんじゃない？　誰にだって好みくらいあるでしょ」

「うちの弟にぴんとこないなんて！」

　悔しそうに拳をどんどんと柱に打ち付けている。柏林は馬鹿馬鹿しくなってその場を離れた。

　最近、あんなふうに飛龍の話をすることがたまにある。自分の身代わりに死んでしまった双子の弟のことは、飛蓮にとって罪悪感とともに抱えた大きな心の傷だったに違いない。それがああして、日常の中でその名を口に出せるようになったのなら、少しはその傷口は塞がってきたということではないだろうか。

（弟さんのこと、大好きだったんだな……）

そう考えると、少しだけ妬《や》ける気がした。今は自分が飛蓮にとっての弟分だという自負がある。

（俺は飛蓮の顔、好きだって言えばよかったかなぁ）

最初に見た時、それこそ魅入《みい》られたのだ。この人のために衣装を作りたい、と思った。

ちらりと振り返る。

まだ不満そうに顔をしかめ頬を膨《ふく》らませている飛蓮の様子に、柏林はくすりと笑った。

余所《よそ》行きの澄ました顔より、今の飛蓮のほうがよほど好きだ。

四章

司家《しけ》の屋敷に住人は少なかった。飛蓮《ひれん》と柏林《はくりん》、それから使用人が五名だけ。使っていない部屋も随分《ずいぶん》あるようで、眉娘《びじょう》に用意されたのもそんな部屋のひとつだった。

「こ、こんな立派なお部屋を……？」

見たこともない高価そうな家具調度が揃《そろ》った客間は、どう考えても賓客《ひんかく》用だ。目がちかちかした。

「雪媛《せつえん》様から預かったお客様だもの。当然でしょ」

「い、いえ、あの、私、もっと小さなお部屋で十分なんですが……。あの、使用人向けの部屋は……」

「遠慮しなくていいよ。部屋余ってるし、使わないとむしろ傷《いた》むから」

「……本当に広いお屋敷ですね。部屋が余っているなんて、もったいない……」

「昔はもっとたくさんの人が住んでたみたい。ここは代々司家の当主が暮らす屋敷で、飛蓮も子どもの頃に住んでたらしいんだけど、まぁ……いろいろあって、国に召し上げられてたんだ。それを最近になって飛蓮が取り戻した。閑散《かんさん》としてるけど、飛蓮には思い入れがあるんだろうね。——あ、うちの使用人、全員男だからちょっと行き届かないところがあるかもだけど、困ったら俺に相談してくれればいいから」

「柏林さんは、飛蓮さんのお身内の方なんですか？」

さきほどの様子からして、使用人という雰囲気でもない。

「一応俺も客分だよ。今はほとんどこの家の家令《かれい》みたいなことしてるけど。——じゃあ、必要なものがあったらなんでも言ってね」

柏林が出ていくと、眉娘は一人ぽつんと部屋の真ん中に立ち尽くした。

改めて、天井から床まで眺めてみる。椅子に腰かけるのも気が引けた。慣れるのには時間がかかりそうだった。

隅のほうに荷物を恐る恐る置くと、ふうと息をつく。

(ともかく、見せられるような絵を描かないと……)

そうして司家で暮らし始めた眉娘だったが、柏林が言った通り使用人が男性ばかりなのはかなり珍しいと思った。食事の用意をするのは白髪の老人で見事な包丁さばきを見せていたし、大柄な若者がこまごまとした洗濯物を大きな手で丁寧《ていねい》に干している様子には、なんだか愛嬌《あいきょう》があった。

ある日、眉娘は不思議に思って柏林に尋《たず》ねた。

「どうして女性を雇わないんですか？」

大抵、炊事洗濯といえば女の仕事だ。それとも都ではこれが普通なのだろうか。

すると柏林は、なんともいえない表情を浮かべた。

「揉《も》め事は避けたいんだ」

「揉め事……？」

「実は、最初は雇ってたんだよ、女の人。でも皆、その……飛蓮のこと見ると、なんていうか……のぼせ上がっちゃうっていうか。夜中に飛蓮の部屋に忍び込んで迫ったり、誰が膳《ぜん》を持っていくかで食事の度《たび》に喧嘩になったり……連日大変だったんだ」

日を追うごとに、眉娘も飛蓮の顔形をきちんと認識するようになった。といっても正面からはっきりと見ることは心理的に難しかったので、視線がこちらから逸《そ》れている状態の時のみ、そっと盗み見るようにしていたのだが。

あんな綺麗な顔を前にすると、眉娘などは自分の顔の醜《みにく》さが際立《きわだ》つ気がして余計に気後《けおく》れするが、己《おのれ》に自信のある女性たちはそうではないらしい。自《みずか》ら夜這《よば》いをかけるなんてすごいなぁ、と素直に感心する。

「あの、でも女手が必要になることもあるのでは？　私にお手伝いできることがあれば、なんでも言ってください。ただでこちらにお世話になるわけには……」

「眉娘さんはお客さんなんだから気を遣《つか》わなくていいのに」

「いいえ、こんなふうに至れり尽くせりのほうが、むしろ気詰まりで……いたたまれないといいますか……！」

恐縮しきりの眉娘の様子に、柏林は少し考え込んだ。

「……まぁ、眉娘さんは飛蓮のこと平気みたいだからなぁ」

「え？」

「いや、なんでもない。――じゃあ、皆に言っておくよ。何かあったらお願いするかも」

「は、はい、ありがとうございます！」

そこへ飛蓮がやってきて、柏林に声をかけた。

「――柏林、出かけてくるから」

「あ、ちょっと待って飛蓮！　もう、相変わらず……」

柏林は慌《あわ》てて手を伸ばし、飛蓮の乱れた襟元《えりもと》や帯を整えてやる。

「仮にも貴族の旦那様なんだから、しっかりしてよ。だらしないんだから……」

「はいはい」

飛蓮はされるがままになっている。

「今日は遅くなるだろうから、夕餉《ゆうげ》はいらない」

「……女のところに行くとか言わないよね？」

疑わしげな目をする柏林に、飛蓮は「さぁな」ととぼけた。

「……飛蓮」

柏林にじとっと睨《にら》みつけられ、飛蓮は可笑《おか》しそうに笑う。

「冗談だよ。今夜は父上の友人だった方と酒を酌《く》み交わしてくる。――ああ、眉娘。どうだ、ここには慣れたか？」

突然話しかけられ、眉娘は飛び上がって俯《うつむ》いた。

「は、はい。お陰様で――」

「絵はどうだ、描けたか」

「うっ……あの、すみません……もう少し、お待ちください……」

すると飛蓮が、覗《のぞ》き込むようにぐっと顔を近づけてきたので眉娘はたじろいだ。

「あ、あの……？」

「…………」

じろじろと眺められるのに耐え切れず、眉娘は恐怖で顔を伏せ前髪をかき寄せた。

かしら？）

（痘痕《あばた》が気になるのかしら？　醜いと思われている？　目障《めざわ》りだから出ていけと言われるかしら？）

「……手ごわいな」

「え？」

その様子を見守っていた柏林が、呆《あき》れたように飛蓮の背をばしんと叩いた。

「もうっ、早く行きなよ！」

「いてぇ……」

飛蓮は顔をしかめて、不満そうに屋敷を出ていった。

「ごめんね眉娘さん。なんか変に意地になってるみたいで――」

「はい？」

「あー、いいんだ。気にしないでね」

それ以来、何かと屋敷内での仕事を手伝うようになった眉娘は、時折若い娘たちが飛蓮を訪ねてくるのに気がついた。

名門貴族で容姿端麗、更に独身とあれば、放ってはおかれないのだろう。やってくるのは同じく貴族の娘であったり、庶民の娘たちも多くいた。いつも柏林が対応して丁寧にお引き取り願っていたが、時には飛蓮が出かけるのを待ち伏せている強者《つわもの》もいた。

そんな時は飛蓮がうまく対処して彼女たちをなだめて帰らせるのだが、その様子は大層礼儀正しく温厚な御曹司《おんぞうし》という風情《ふぜい》で、一度その現場に行き合った眉娘は若干《じゃっかん》目を疑って、思わず二度見してしまった。普段の飛蓮とはまるで様子が違うのだ。

屋敷の中でくつろいでいる飛蓮はもっと砕けていて気取ったところもなく、そして結構口が悪く子どもっぽい。

(貴族様って、そういうものなのかしら……)

そんなある晩、夕餉を終えて厨《くりや》で後片付けを手伝っていると、使用人の一人に声をかけられた。

「ああ眉娘、この衣を旦那様の部屋に持っていってくれるか？　明日必要なんだそうだ」

「わかりました」

火熨斗《ひのし》を当て終わった衣を手に、石畳が整然と敷かれた中庭を通りぬけて母屋《もや》へと向かう。

飛蓮の部屋からは、明かりがぼんやりと漏《も》れていた。声をかけようとした眉娘は、中から話し声がすることに気づいた。

「――それで、唐智鴻《とうちこう》が最近郊外に家をひとつ買っているんだ。時折出入りしているらしいんだが、ひどく人目を気にしているとか。怪《あや》しいだろ？」

「新しい女だな」

「前の妾《めかけ》は、俺が全員籠絡《ろうらく》してやったからなぁ。唐智鴻の奥方も最近すこぶる機嫌が悪いようだし、やっぱりそうかな」

「あいつ嫁さんの顔色はめちゃくちゃ窺《うかが》うくせに、女遊びだけはやめないんだな。……飛蓮、お前も早くこの家が賑《にぎ》わうように嫁をもらったらどうだ。いくつか話も来てるだろ」

大きなため息が聞こえた。

「もう女はこりごりだ。それに、俺は……」

「あー、雪媛様だろ。やめとけやめとけ、皇帝の女だぞ？」

「……少しは応援しろよ！」

「後宮に入られた雪媛様から、いまだになんの音沙汰《おとさた》もないんだろ？　忘れられてるんじゃないのか」

「そんなわけあるか！　……違うと……思いたい」

「ほら見ろ、自信ないくせに」

誰だろう、と思った。柏林ではない。今日は客など来ていないはず。

「――失礼します」

眉娘が声をかけると、しんと部屋は静まり返った。

「入れ」

扉を開ける。

飛蓮が一人、鏡の傍《そば》で椅子に座り、酒の入った杯を片手にくつろいでいる。他には誰もいない。

「あの……こちらの衣を持っていくようにと頼まれて……」

「ああ、そこに置いておいてくれ」

「はい……」

言われるがままに衣を棚の上に置くと、失礼します、と眉娘は部屋を出た。

ぱたんと扉を閉めて、振り返る。

誰もいなかった。隠れている気配もない。

何より、聞こえてきた会話の声はどちらも飛蓮のものだったのだ。


「あの、柏林さん。昨夜なんですけど……」

翌朝、眉娘は柏林に見聞きしたことを話した。すると柏林は、ああ、と得心したように言った。

「あれはまぁ……ちょっと、飛蓮の儀式……のようなもんだよ」

「儀式？」

柏林は少し、物憂《ものう》げな顔をした。

「……死んだ弟さんと話してるみたい」

「え……」

「飛蓮、双子の弟がいたんだ。鏡を見るとさ、そこに自分の顔があって、でも飛蓮にとっては弟の顔でもあるんだよ。……一人になると、たまにそうやって弟さんと会話してるんだ」

「それって……あの、思い込みってことですか？」

「うん、まぁ、幻みたいなものだと思うけど。……多分あれが、飛蓮なりの弔《とむら》い方なんだと思う。生きてる間は、あんまり仲良くできなかったって言ってたから」

（幻……）

そこへちょうど飛蓮がやってきて、出かけてくる、と出ていった。その姿を見送りながら、眉娘は雪媛のことを思い出していた。

雪媛が流刑地《るけいち》へやってきた最初の頃、彼女はいつも、ここではない何かを見ていた。失った影を追うように、ぼんやりと心が身体から離れているように。それがひどく心配だったのを覚えている。

飛蓮を見ていると、同じ気分になった。

眉娘も両親を亡くした時は、ずっとその幻影を探し求めていた時期がある。今でも、時折どこかにいるのかもしれない、と思う瞬間もあった。

「あの――飛蓮さん」

その夜、眉娘は飛蓮に声をかけた。

「もしよろしければ、飛蓮さんの姿絵を描かせていただけませんか？」

少しでも、人と関《かか》わる時間を作れるように。傍《かたわ》らにいる、生きている人間の存在に気づくように。

「姿絵？　俺の似姿ってことか？」

「はい」

すると飛蓮は少し驚いたような表情になり、やがてにやりと笑った。

「――ほう、ようやく魅力に気づいたか」

「はい？」

眉娘は戸惑《とまど》って顔を上げる。

「やっとこちらを見たな」

してやったりというように笑う飛蓮に、眉娘は首を傾《かし》げた。

そして改めて真正面からしっかりと彼を見ると、自分の腕でこの人を描けるだろうか、と身震いがした。

しかしその震えは決して、恐れによるものではなかった。


皇宮《こうぐう》内の空気が変わっている気がした。

どこか密《ひそ》やかで、通りすがる者の面持《おもも》ちは皆暗く沈んでいる。

閉め切られた薄暗い部屋の奥、椅子に掛けた男の表情はよく見えなかった。青嘉《せいか》は礼を取りながら、僅《わず》かに視線だけを目の前の皇帝に向ける。

謁見《えっけん》を申し込んでも多忙を理由に幾度も断られ、この日ようやく対面が叶《かな》った。意図的に避けられていたのだろう、と思った。

「……高葉《こうよう》との戦《いくさ》、真に大儀であった。そなたの活躍は、報告で聞いておる」

気《け》だるげな碧成《へきせい》の声が響いてくる。

「ありがたきお言葉にございます」

「怪我《けが》をしたと聞いたが、具合はどうだ」

「もう大事ございません」

「そうか……」

じっとこちらへ視線が注がれているのを感じる。

「珠麗《しゅれい》には会ったか」

「……はい」

「お前が戻るのを待ちわびていた。早く夫婦となって安心させてやれ」

「そのことで――お話がございます、陛下《へいか》」

「なんだ」

「陛下がお心にかけてくださるのは大変ありがたいと、私も義姉《あね》も感謝しております。が、義姉との婚礼は……考えておりません」

碧成は何も言わない。

「私にとって、義姉は亡き兄の妻です。大事な家族として、我が一族の一員として、今後も大事に守ってまいりたいと思っています」

「…………余は亡き父上の妻であった雪媛を我が妻としたが」

低く、静かな声だった。

「そなたは、余が道理に背《そむ》いたと言いたいのか?」

「いいえ、決してそのようなことはございません。私はただ――」

「違うと？」

「陛下、これは王《おう》青嘉という男の抱く信念の問題でございます。どうか――ご容赦ください」

「……他に心を傾ける女子《おなご》でもいるのか」

僅かに息を詰め、青嘉はいいえ、と答えた。

「そのような相手はおりません」

「……そういえば……怪我とはどんな具合だったのだ。見たところ、そなたは随分《ずいぶん》と元気そうだがな」

碧成は肘《ひじ》掛《か》けに身を預けるように頬杖《ほおづえ》をついた。

怪我をしたというのは偽《いつわ》りだ。碧成はそれに気づいているのだろうか。

「……腕を、斬られました」

「ほう、傷痕《きずあと》を見せてみよ」

「お目汚しですので」

「よい。見せよ。我が国のために戦った者の、名誉の勲章だ。瑞燕国《ずいえんこく》皇帝として、目に刻みつけねば」

碧成は立ち上がり、階《きざはし》を降りて青嘉に近づいてくる。

「どうした、余の命《めい》が聞けぬか？」

「…………」

青嘉は黙って、左の袖《そで》を捲《まく》り上げる。

包帯が巻かれた太い腕が露《あらわ》になった。

「もう、だいぶよくなりました」

「……傷が見たいと言ったのだぞ。それを外せ」

青嘉は跪《ひざまず》いたまま、碧成を見上げた。暗い表情でこちらを見下ろす碧成の目には、猜疑《さいぎ》と愉悦《ゆえつ》の色が浮かんでいた。

包帯をゆっくりと解いていく。やがて、塞《ふさ》がりかけた傷口が現れた。

「傷自体は浅かったのですが、毒が仕込まれておりましたゆえ、身体が言うことをきかず早々に引き上げることとなりました。真に面目《めんぼく》ございません」

万が一のため、あらかじめ自ら傷を付けておいた。しかしまさか、ここまで疑われるとは思ってもみなかった。

「…………ふん」

興味を失ったように碧成は背を向けた。

「王青嘉。そなたには、北の国境での任務を与える。婚礼を挙げ次第、早々に赴任せよ」

「……北の国境……でございますか」

「そうだ。北の蛮族により国境周辺にはたびたび被害が出ている。此度《こたび》の戦で見せたそなたの手腕があれば、蛮族の平定も容易《たやす》かろう」

北の国境は瑞燕国の中でも最果ての僻地《へきち》、そこへ送られるということはあからさまな左遷《させん》を意味する。冬になれば雪に閉ざされ、容易に都へ戻ることもできない。

「雪媛も、そなたに期待しておる」

雪媛の名にはっとする。そんな青嘉の様子をどこか可笑しそうに碧成は見下ろした。

「聞いておらぬか？　雪媛は余の後宮《こうきゅう》に戻った」

（なんだと？）

雪媛はまだ、反州《たんしゅう》にいるのだと思っていた。

「……では独賢妃《どくけんひ》の件、疑いは晴れたのですか」

「雪媛があのようなこと、するはずがないのだ。余はそもそも、あの裁きを認めぬ」

「それは………喜ばしいことでございます」

言葉とは裏腹に、胸中は荒れていた。北へ行けば、恐らくもう戻れない。後宮にいる雪媛とは生涯顔を合わせることすらないだろう。

「婚礼には祝いの勅使《ちょくし》を遣わそう」

「陛下、婚礼は――」

「下がれ」

ぴしゃりと撥《は》ねつけられ、青嘉はぐっと口を噤《つぐ》んだ。

「これ以上そなたの話を聞くつもりはない」

「ですが――」

言いかけた瞬間、碧成が腕を振り上げ、固いものがこめかみを打った。腰に佩《は》いていた剣の柄《つか》で、青嘉を殴《なぐ》りつけたのだ。

柄の装飾に埋め込まれた金剛石が当たり、切れた額《ひたい》から血が流れてくるのを感じる。青嘉は黙ってそれを拭《ぬぐ》い、碧成を見上げた。

「――下がれと申しておる」

皇宮へ足を踏み入れた時から感じていた、どこか水面下に潜んでいるような変化。それが何かはわからなかった。

しかし今、理解した。

変わったのは、この宮城の主《あるじ》だ。

そして、それは決して、良い兆《きざ》しをもたらすものとは思えなかった。

自室の扉を開ける前に、冠希《かんき》は事前に設置しておいた仕掛けに目を向けた。部屋を出る時、扉の下に目立たぬよう細い糸を米粒で張り付けておいたのだ。これが切れていれば、誰かが出入りしたことになる。

糸がそのままであるのを確認し、それでも用心しつつ扉を開けた。物の配置は変わっていないか、違和感はないか。観察しながら小さな戸棚へと向かう。

引き出しの二重底から、小さな紙の包みをひとつ取り出した。そこには、雪媛から預かっている毒が小分けにして入っている。

ここ数日、冠希は碧成に出す茶に一定量の毒を混ぜていた。しかし、効き目がなかなか表れてこない。

最近の碧成は、毎日朝議《ちょうぎ》に参加している。ようやく表の場に出てきた皇帝に重臣たちは安堵《あんど》したようだったが、それも束《つか》の間《ま》のことだった。

碧成は突然、大規模な粛清《しゅくせい》を始めたのだ。

最初は異母兄である阿津王《あつおう》の排除だった。都から遠く離れた土地に追いやっていた彼に、謀反《むほん》の疑いありと毒を贈り死を命じた。阿津王は絶望しながらも、一軍に取り囲まれ、逃げることもできず毒を飲み死んだ。

その謀反に連座したとして、碧成の同母弟である環王《かんおう》にも処罰が下されることになった。しかし環王はこれを事前に察知し、一足先に身を隠した。報告を受けた碧成は激怒し、なんとしても捜し出しその首を自分の前に持ってくるようにと命じた。

こうした処遇に反発し碧成を諫《いさ》めた重臣は、いとも簡単に死刑を言い渡されることになった。その一族郎党も、後宮へ入っていた娘ごと、同時に処刑された。

重臣たちの多くが縮み上がった。迂闊《うかつ》なことを言えば、自分も家族もあっけなく殺されてしまうと目の前で見せつけられたのだ。

玉座《ぎょくざ》に収まる碧成の様子は、明らかに以前とは違っていた。目は猜疑《さいぎ》に満ち、人の意見を聞かず、思う通りにならなければすぐに激高する。

止める者はもういなかった。

体調を崩させ、政務から遠ざければそんな混乱も収まるだろうと思っていたのに、いまだその兆しはない。そうして碧成は毎日のように雪媛のもとへ通い、雪媛は宮女を人質に取られ身動きできずにいる。

（毒の耐性がついてしまったんだろうか。同じものを続けて摂取させてきたから、効き目が薄くなっている……？）

焦《あせ》りを感じていた。あまりに多量に摂取させることは危険だ。しかし効果が見られないのであれば、量を調整するしかない。

再び目印の糸を仕掛け、部屋を出る。

湯を持ってこさせると、周囲に誰もいないのを確認し、茶を淹れ毒《い》の粉末を混ぜた。それを盆に載《の》せると、冠希は何食わぬ顔で碧成のもとへと向かった。

「――失礼いたします、陛下」

相変わらず薄暗い陰鬱《いんうつ》な部屋。碧成は執務用の机の前に座り、つまらなそうな顔で肘《ひじ》をついている。

「あまり根《こん》を詰められますと身体に障《さわ》りましょう。茶を淹れてまいりましたので、どうぞ少しご休憩ください」

茶器を碧成の傍らへ置くと、丁寧《ていねい》に注ぎ入れる。

「……冠希」

「はい、陛下」

「そなたが余に仕《つか》えて、どれくらいになるか」

碧成がぼんやりとした様子で尋《たず》ねた。

「もう六年ほどになりますか。私が参りましたのは、陛下が立太子《りったいし》されてすぐのことでございましたので」

「そうか……」

「どうかなさいましたか」

「そなたはいつも余のために働いてくれていた。どんな時も、余の味方でいてくれた……そう、思い返していたのだ」

　突然どうしたのだろう、と思いながら冠希は笑顔で答えた。

「それは──当然のことでございますゆえ」

「皇帝は唯一無二《ゆいいつむに》の存在。余と対等な者はいない。それでも余はそなたをずっと、友人のように思っていた」

「そんな……もったいなきお言葉でございます、陛下」

　すると碧成は自身の懐《ふところ》をまさぐる。そして何かを取り出し、ぽんと冠希のほうに放り出した。机の上に落ちたのは、小さな包みだ。

　それを見て冠希はぎくりとした。先ほど取り出した、小分けにして隠しておいた毒の包みによく似ている。

「……なぁ冠希、余は時折ひどく身体が重くなり、眩暈《めまい》がし、気分が悪くなった。その度、そなたは寝る間も惜しんで傍で看病してくれたものだ」

碧成の顔には何の感情も浮かんでいなかった。こちらを見ようともせず、淡々としている。

「これの中身はな、毒だそうだ。微量では死なぬが、余がよく患《わずら》った病《やまい》に似た症状が出ると……唐智鴻が持ってきたのだ。これが、どこで見つかったと思う?」

飛蓮に言われたことを思い出す。碧成が周囲の者の身辺調査をしようとしていると。

血の気《け》が引いていく。落ち着け、と自らに言い聞かす。

用心していたつもりだった。部屋の鍵をかけ、出入りする者がいればわかるように細工もしておいた。

「そなたの部屋からだ……冠希」

「陛下……!」

冠希はばっとその場に膝《ひざ》をついた。

「私が、私が陛下に毒を盛ったと仰《おっしゃ》るのですか⁉ これは何かの陰謀でございます! 私は真に陛下へ忠節を誓っております! これまで、私がどれほど陛下を想い心血を注ぎ全身全霊でお仕えしてきたか、陛下がよくご存じのはずでございます!」

するとと碧成は、どこか宙を眺めながら言った。

「……そなたの姉は、先帝の後宮に入っていたそうだな」

はっと息を詰める。

「事故で死んだとか」

「……は、はい」

「そしてその姉は……雪媛と懇意《こんい》であったらしい」

心臓が跳ねた。

「あの頃……余が皇太子となった時、東宮《とうぐう》の人員配置は先帝の采配で行われた。忘れもしない、雪媛はすでに父上の寵愛《ちょうあい》を恣《ほしいまま》にしていたものだ……後宮だけでなく、表の人事にも影響力があった。柳《りゅう》一族が要職に就《つ》き始めたのも、その頃だった」

「……陛、下」

「雪媛がそなたを余のもとへ送り込むことは、容易《たやす》かったであろうな……」

虚《うつ》ろな瞳が、自分に向けられる。

どこまでも暗い闇のような目。

冠希は額《ぬか》ずいた。

「陛下、誤解でございます！　確かに姉は先帝の後宮におりましたが、だからといって私は何も――」

がたん、と椅子が音を立てる。碧成は唐突に立ち上がった。

冠希が茶を注いだ器を片手ですうっと取り上げる。そして、それを首を傾げるようにしげしげと眺めると、手を傾けた。

ぼたぼたと冠希の眼前に茶が零《こぼ》れ、敷かれた絨毯《じゅうたん》に染《し》みを作っていく。

その様子を、冠希は呆然と見つめた。

「…………陛……下」

「――この数日、そなたの淹れた茶は一口も飲んではおらぬ」

徐々に、ゆっくりと、碧成の口角が上がっていく。

そのほの暗い笑みに、冠希は肌が粟立《あわだ》つのを感じた。


雪媛はぼんやりと窓の外を眺めていた。

宮女たちとは、もうほとんど口もきいていない。彼女たちはただただ恐れ戦《おのの》き、雪媛をここから出さないようにすることしか考えていなかった。

(ここを出る糸口を探さなくては――どうしたら――どうしたらいい)

「陛下がお見えでございます！」

怯《おび》えを含んだ宮女の声がした。

出迎えるために雪媛は立ち上がった。最近の碧成は些細《ささい》なことですぐに気分を害する。待たせないほうがいいだろう。

扉の外へ出ると、橋を渡ってくる碧成がこちらに微笑を向けた。

「――雪媛、今日はよい土産《みやげ》がある」

背後の兵士に向かって合図する。すると兵士は、一人の青年を突き飛ばすように前に押し出した。

雪媛の足元に、倒れるように膝をついたのは冠希だった。後ろ手に縛られ、青白い顔で俯いている。

（……冠希！）

動揺を見せないように自分を抑え込み、碧成に問い質《ただ》す。

「土産？　……一体、どういう……」

「この者は、余に毒を盛っていたのだ」

碧成は僅かに笑みを浮かべる。嘲《あざけ》るような、それでいて泣きだしそうな顔だ。

（ばれたのか――）

自分の心臓が、恐ろしいほどの音を立てているのを感じた。

「一侍従が単独でこのような真似をするとは思えぬ。背後に誰かがいるはずだ。毒の入手先も探らねば——だがこの者が一向に口を割らぬのだ。雪媛よ、そなたの神力でこの者に罪を認めさせてくれるか」

　その碧成の冷たい目が、ゆっくりと刺すように雪媛に向けられる。

「どうした、雪媛。……神女であるそなたなら、できるだろう」

「……それ、は……」

　わざと言っている、と思った。碧成は、気づいている。誰が冠希に指示を出していたのか。

「——違う！」

　突然、冠希が声を上げた。

「誰の指示も受けていない！　これは、僕が一人で考え計画したことだ！」

　きっと碧成を睨みつけるように、冠希は叫んだ。

「お前たちは——人を物のように扱ってそれを何とも思わない。僕の姉は、愛してもいない年の離れた皇帝に仕えて、気紛《きまぐ》れに寵愛され、挙句他の妃《きさき》に嫉妬《しっと》されて殺された……まだ、十六だった……！」

　冠希は怒りと悔恨に声を震わせながら、何年も抱えてきた憎しみを表情に滲《にじ》ませる。

「先帝は——お前の父親は、姉のために何もしなかった。守ってもくれなかった。そりゃそうだ、替えはいくらでもきくんだからね！　……姉は、綺麗に並べられた玩具《おもちゃ》のひとつにすぎなかった。でも僕にとっては、替えなんてきくはずのないたった一人の大切な存在だったんだ！　……これは僕の復讐だ。あの男の家族も、姉を苦しめた後宮も、この王朝も――すべて滅ぼしてやる!!　そう誓ったんだ!!」

碧成は涼しい表情で彼を見下ろしている。

雪媛の足は僅かに震えていた。

（だめ――冠希――）

すると碧成は、兵士の持つ剣を取り上げてすらりと鞘《さや》から抜き放った。そして、抜き身の切っ先を冠希の喉元《のどもと》に突き付ける。

「――碧成！」

雪媛は声を上げた。

「おやめください」

「やめる？　何故《なにゆえ》？」

碧成は小首を傾げた。

「さすがは神女だ。そなたを前にしてようやくこやつも自供した。謀反人《むほんにん》には死罪を申し付ける」

「お待ちください。その者が本当のことを言っているか、怪しいものです。もう少し、詳しく調べるべきでございます」

「いいえ、これが真実です！　この謀《はかりごと》は――私個人の私怨によるもの。覚悟は出来ております」

冠希は強い意志を閃《ひらめ》かせた眼差しを雪媛に向けた。

「雪媛よ……この者の姉は柔蕾《じゅうらい》という名で、先帝の後宮に侍《はべ》っていたとか。そなたとも顔見知りであったのではないか？」

ぎくりとした。

碧成は池の水面《みなも》に目を向ける。

「そうそう……この池で溺《おぼ》れ死んだそうだな。哀《あわ》れなことだ」

「……確かに、ここで亡くなった方がいらっしゃったのは覚えています」

どうする、と雪媛はせわしなく頭を回転させた。

冠希を更に調べ上げれば、雪媛ばかりでなく江良《こうりょう》との繋《つな》がりまで突き止められてしまうかもしれない。かといって、死罪になどさせるわけにはいかない。

柔蕾の大事な弟。そして雪媛とともに、長い間この皇宮で戦ってくれた同志。四妃《しひ》への復讐も、彼がいなければ成し得なかった。

「──では、弟もここで死ぬのがよかろう」

碧成はおもむろに両手で剣の柄を握ると、高々と振り上げた。斜めに走った剣の残像が、雪媛の目には妙にゆっくりと映った。

ぱっと赤い飛沫《しぶき》が飛び散る。

冠希の細い身体が、ぐらりと傾いた。力なく倒れ込んだ体から真っ赤な鮮血が流れ出していく。

絹を裂くような声が響き渡った。

冠希のものでも、自分のものでもない。宮女たちが甲高《かんだか》い悲鳴を上げ、青ざめた顔を袖で覆《おお》いながら身体を震わせている。

雪媛はただ、呆然とその光景を見つめていた。

足が動かない。声も出ない。

瞬《まばた》きすらできない中、返り血を浴びた碧成の白い面《おもて》がこちらを向いた。ぎらぎらとした瞳に、自分の姿が映り込む。

手にしていた剣を放るように投げ出すと、碧成は血に濡れた自分の両手をしみじみと見下ろした。

「……片付けておけ」

兵士に命じて、くるりと背中を向けた。そのまま橋を渡っていってしまう碧成を、侍従たちが慌てて追いかける。

雪媛はその場にがくりと膝をついた。そして、動かなくなった冠希に向かって、這《は》うようにじりじりと近づいていく。

震える手を伸ばす。

血だまりの中に倒れた冠希は、固く瞼《まぶた》を閉じている。

息をしなくなった柔蕾。この池の畔《ほとり》で、その冷たくなった身体に縋《すが》りついた。

「あ……」

そっくりなその顔。

雪媛は両手で自らの顔を覆った。

「あぁ……ぁ……！」

悲鳴とも嗚咽ともつかない声を上げる。

あの時から自分は、何も変わっていない。

大切な人が死んでゆくのを、見ていることしかできない。

五章

かつては都に権勢を誇る大邸宅の中でもひときわ目を引いていた柳《りゅう》家の屋敷は、随分《ずいぶん》と荒れた様相を呈していた。外壁は薄汚れ、落書きも散見された。門扉《もんぴ》には何かをぶつけられたような傷や窪《くぼ》みがいくつも見える。

嫌がらせを受けていた痕跡はいくつもあるものの、少なくとも江良《こうりょう》が訪れたこの日、都人たちはこの屋敷の前を素通りするだけだった。

(雪媛《せつえん》様が後宮《こうきゅう》に呼び戻されたと知ったからか……)

久しぶりに都へ帰ってきた江良に、母は柳雪媛が後宮へ戻ったらしいという話をして、「これでお前の立場もよくなる」と喜んだ。それが本当ならば思いがけない慶事だが、随分と急な展開に不穏な気配も感じた。

状況を確認しようと尚宇《しょうう》に会いに柳本家を訪れたが、中に入るとひどく閑散《かんさん》としている。

「随分と静かだな。使用人はどうした?」

「皆、逃げ出したんですよ。雪媛様が流刑《るけい》になってから、柳家に対する民《たみ》の狼藉《ろうぜき》がひどくて……残ったのは二人の下男だけです。原許《げんきょ》様は怯《おび》えて、ずっと部屋に籠《こも》っておられるし……」

疲れた様子の尚宇は、江良に席を勧《すす》めながらため息をついた。

「しかし、雪媛様が都へお戻りになったと知った途端、嫌がらせはぱったり止《や》みました。皇帝の寵愛《ちょうあい》がまだ失われていないと明確になりましたから、どんな報復をされるかわからないと思ったんでしょう。民とは浅はかなものです」

「本当に雪媛様が戻られたんだな。もう会ったか？」

「いいえ、まだ。何度後宮へ問い合わせても体調が悪いと面会を断られていて……」

「体調が？　何か病《やまい》でも？」

「それが、よくわからないのです。文《ふみ》を送ろうにも取り次ぎすらしてもらえないのですよ。雪媛様からの連絡も一切ないし……」

困惑《こんわく》したように表情を曇らせる。

「冠希《かんき》からの連絡は？」

「ありません」

「そうか……」

柔蕾《じゅうらい》の弟が碧成《へきせい》の傍《そば》に仕《つか》えることになった時、江良は反対した。雪媛に手を貸すということは大きな危険が付きまとうからだ。かつて柔蕾が望んでいたように、彼には幸せになってほしかった。

しかし冠希の意志は固く、江良はそれ以上引き留《と》めることはできなかった。

(冠希は慎重だ。余程のことがなければ、怪《あや》しまれることを恐れて滅多《めった》に連絡は寄越《よこ》さない。連絡がないなら、大きな問題は起きていないということだろう……)

「青嘉《せいか》も焦《じ》れて、ここのところ何度も顔を見せますよ。何か連絡はないのかとね」

「青嘉も会えてないのか？　護衛の任はどうした」

「やつは仙騎軍《せんきぐん》から転属させられたんですよ。次の任地は北の国境だそうです」

「何だと？」

「完全に陛下から冷遇されていますね。まぁ、俺は別にいいですけど……」

「お前は青嘉のことが何かと気に入らないようだな」

「あいつがいると、雪媛様の道の妨《さまた》げになる気がするんですよ」

尚宇は苦々しい口調で言った。

「尚宇様」

年老いた下男がやってきて頭を下げた。

「贈り物が届いておりますが、いかがしましょう」

「ふん、雪媛様が戻った途端、また柳家に媚《こび》を売ろうというのか。蝙蝠《こうもり》どもめ」

「どういたしますか？」

「空いている部屋に運び入れておけ。後で目録《もくろく》に目を通すから――」

「あの、生ものなのですぐに開けるようにという言付けがあるのです」

「生もの？　どこぞの海の幸でも贈ってきたのか」

「随分と大きな荷でございますので、悪くなっては……」

「……持ってこい」

運ばれてきたのは大きな黒い櫃《ひつ》だった。相当な重さらしく、下男二人でようやく床に下ろす。

「誰からだ？」

「ええと――司《し》家からです」

「飛蓮《ひれん》殿から？」

これまで柳家との繋《つな》がりを隠すために、表立っての交流はなかった。それがわざわざ贈り物とはどうしたのだろうか。

すると途端に、箱ががたがたと動き始めた。

「――!?」

江良も尚宇も、驚いて身を引く。

そうこうするうち蓋《ふた》ががこんと外れ、中から飛蓮がひょっこりと顔を出した。

「うう、狭い場所が恐怖の対象になりそうだった……」

「……な、何をしてるんですか飛蓮殿！」

「ああ～身体が痛い」

飛蓮はうーん、と伸びをして箱から出てくると、江良に気づいて目を瞬《しばたた》かせた。

「江良殿。お戻りでしたか」

「今日都へ着いたところです。……女装の次は箱ですか」

「ここのところ、唐智鴻《とうちこう》の手下に四六時中見張られていましてね。こうでもしないと直接話をすることもできなさそうだったので」

「見張られている？」

「陛下《へいか》の命令ですよ。我らが皇帝陛下は、大層猜疑心《さいぎしん》を肥えさせているようで」

「陛下が……」

「それで飛蓮殿、わざわざこんな真似までしてやってくるとは、何かあったのですか」

尚宇が椅子を勧めた。

「ええ、早急に話し合いたいことが」

下男が出ていくのを確認し、さらに用心するように飛蓮は声を潜《ひそ》めた。

「いつも陛下の傍に仕えている侍従《じじゅう》がいるでしょう。冠希という名の。あれは雪媛様の協力者ですね？」

「ええ、そうです」

頷《うなず》くと、飛蓮は物憂《ものう》げな様子で小さく息をついた。

「…………残念ながら、先日、死んだようです」

江良も尚宇も、一瞬言葉を失った。

「……死んだ……？」

「ええ。昨日、陛下に拝謁《はいえつ》したのです。彼の姿が見えないので、さりげなく陛下に尋《たず》ねたのですが……謀反人《むほんにん》として処刑されたのだと」

がたん、と尚宇が立ち上がった。

「そ、そんな——では——では雪媛様も——」

飛蓮は首を横に振る。

「いえ、雪媛様には累《るい》は及んでいません。どうやら冠希殿は、雪媛様との関係については最後まで口を噤《つぐ》み、隠し通したようです」

江良は身体が震えるのを感じた。

（冠希――）

柔蕾に女物の衣《ころも》を着せられて、双子の妹のように笑って遊んでいた姿が思い出された。幼い頃から姉が大好きで、いつもその傍にまとわりついていた。柔蕾が何より大切にしていた、愛していた弟。

「……江良殿、大丈夫ですか？」

真っ青な顔の江良に、飛蓮が心配そうに言った。

「江良殿……」

尚宇も、江良と冠希の関係を思い出したのか表情を曇らせた。江良は僅《わず》かに俯《うつむ》き、小刻みに震えている手を額《ひたい》に当てた。

いつかこんなことになるかもしれない、とずっと危惧《きぐ》していた。碧成の信頼を勝ち得ていた冠希だったが、それでもどんなことが綻《ほころ》びに繋《つな》がらないとも限らない、と。

「……先日、一度だけ彼と言葉を交わしました。何年もあのように難しい役目をこなしてきたことに、敬服します」

沈痛な面持《おもも》ちで、飛蓮は言った。

「陛下は最近、自分に仕える者たちの身辺調査を私と唐智鴻に命じました。それで唐智鴻が何か証拠を握り、冠希殿を告発したようです。――申し訳ない、何もできず」

「身辺調査？　皇帝がそのようなことを命じたのですか？」

尚宇が怪訝《けげん》そうに尋ねる。

「冠希殿以外にも、ここひと月ほどで陛下に仕える侍従や宮女が何人か死んでいます。それも……陛下が自《みずか》ら、お手打ちになったこともあったようです。どうやら陛下は、とにかく周りの誰のことも信じられなくなっているらしい。……冠希殿にも、陛下が自ら剣を振るったとか」

江良は顔を上げた。

「あの陛下が？」

「ええ。最近の陛下はどうにも不穏なのです。宮女たちも怯えています」

「しかし、雪媛様がいる！　雪媛様の言葉になら耳を貸すはずです。どうして冠希のことを救えなかったのか……」

尚宇が言った。

「今日お話ししたかったことはそれです。雪媛様は後宮に戻られてから、まったくその存在感をお示しになりません。それで後宮の宮女に探りを入れてみたところ、妙な話を聞いたのです」

「妙な話？」

「雪媛様は、新しく建てられた水上の楼閣《ろうかく》を陛下から賜《たまわ》ったらしいのですが……後宮に戻って以来、一度も人前に姿を見せていないというのです」

「一度も？」

「ええ。陛下は一日も置かずにその楼閣を訪れているそうなので、雪媛様へのご寵愛ぶりは確かなようなのですが。しかし、挨拶《あいさつ》に訪れた妃《きさき》も兵士に追い返されてしまい、まだ誰も雪媛様の顔を見ていない。そもそも、異様な数の兵士が警備のために楼閣の周囲に配置され、ひどく物々しい雰囲気だとか。独芙蓉《どくふよう》から復讐される可能性を考えて、陛下が雪媛様を守るために警備を厳重にしている、と後宮内では考えられているようです。ですが、はたから聞く限りそれは……」

言い淀《よど》む飛蓮に、江良は言葉を継いだ。

「……雪媛様が、その楼閣に閉じ込められている？」

「まさか！」

尚宇が声を上げた。

「どうしてそんなこと！」

「陛下以外の人間は、とにかく一切出入りできないのだそうです。……ただ、このところ時折医官が入っていくのを見た者がいて、もしかしたら雪媛様は病《やまい》なのではないか、と」

「病だと⁉　……そんな……！」

「ただ、先ほども申し上げた通り陛下は毎夜その楼閣――夢籠閣《むろうかく》にやってきて朝まで過ごされている。なので、伽《とぎ》が務まるなら雪媛様は元気でいらっしゃるのでは、と考える者もいます。ですが、いずれも憶測。とにかく一切、中の様子はわからないのです」

飛蓮がそこまで説明を終えると、唐突に扉が開いて青嘉が姿を現した。尚宇がぎょっとして声を上げる。

「お前、いきなり――」

「……今の話は真ですか」

静かで、張り詰めた声だった。飛蓮は冷静に頷く。

「後宮での雪媛様に関する話題は、いまや禁句となっているようです。ここまで聞き出すのも苦労しました。皆、口が重くてね。夢籠閣の宮女は他の宮女とは一切口をきかず、話しかけると逃げていくんだそうですよ。よほどの箝口令《かんこうれい》が敷かれているらしい」

「だが、雪媛様ならきっと策を練っておいでだ！　皇帝は雪媛様の掌《たなごころ》のうちなのだから、どうとでもできるはず……！」

尚宇の言葉に、飛蓮は険《けわ》しい表情を浮かべた。

「それができない状況にある――と考えたほうがいいと思います」

江良も頷いた。

「雪媛様なら、なんとしてでも冠希を救おうとしたはずだ――それが出来なかったということは、何か不測の事態が起きているのかもしれない」

今頃、雪媛はどうしているだろうか。柔蕾の死をあれほど重く抱《かか》えていたのに、冠希まで失えば。

――私が、守るから。

暗い目で、そう呟《つぶや》いたあの時。雪媛の人生は完全に違う道へと舵《かじ》を切ったのだ。

「青嘉殿、実は先日我が家に眉娘《びじょう》という娘が訪ねてきました。あなたからの、雪媛様宛ての書状を持ってね」

「眉娘……？　反州《たんしゅう》の？」

「お母上がご無事であるとの一報は、残念ながら雪媛様には伝わっていない。書状が届く前に、陛下の使者が迎えに来て雪媛様は都へ旅立たれたそうだ」

秋海《しゅうかい》はいまも密《ひそ》かに江良が匿《かくま》っている状態で、世間では火事で死んだと認識されている。では雪媛はいまだに、秋海の安否《あんぴ》を知らないままなのだ。

「陛下の猜疑の目は周囲の者に対してだけでなく、兄弟や重臣たちにも向いています。阿《あ》津王《つおう》は先日、毒を賜《たまわ》った。同じく死を命じられた環王《かんおう》は逃亡中。諫《いさ》めた重臣はあっさりと殺されてしまった。一体何があったのかは知らないが、今の陛下は心の均衡《きんこう》を欠いているように見える。……雪媛様に対する信頼も、揺らいでいないと言えますか？」

青嘉が剣を握りしめ出ていこうとしたので、江良は呼び止めた。

「青嘉、どこへ行く」

「雪媛様のところだ」

「どうやってだ。お前はもう雪媛様の護衛ではないんだぞ」

「だがこのままにしておけない！　これは俺の――」

青嘉はぎりりと歯嚙みした。

「俺のせいだ――」

「……青嘉？」

青嘉の様子に、江良は眉を寄せた。

「落ち着け。今の状況で、お前ひとりで何かできるというものではないぞ」

「だが……！」

宥《なだ》めるように、ぽんと青嘉の背を叩く。

「まずは雪媛様の状況を確認したいが、無闇に動けば逆に雪媛様の立場をさらに悪くしかねない。策が必要だ」

「しかし、どんな策が……」

「飛蓮殿、夢籠閣に最近は医官が出入りしていると言いましたね？」

「ええ。ですがその医官も貝のように口を閉ざしています。彼らから話を聞くことは難しいでしょう」

今雪媛と直《じか》に接することができるのは、碧成か、夢籠閣の宮女か、医官のみだ。江良は考え込んだ。

冠希の姿が思い浮かぶ。最後に笑った顔を見たのはいつだっただろうか。

何もしてやることができなかった。いつかあの世で会えたら、冠希にも柔蕾にもどれほど詫びねばならないだろう。

（でもそれは、今ではない。為《な》すべきことを為してからだ。そうでなければ――合わせる顔がない）

「――では、直接乗り込むしかない」

皆一斉に、驚いた顔を江良に向けた。

夏の気配がまだ色濃い庭園には、百日紅《さるすべり》や萩《はぎ》の花が咲き乱れている。その中を縫うように造られた小径《こみち》を進む、二つの人影があった。

隣を歩く青ざめた顔の医官に、江良は殊更《ことさら》なんでもないように笑ってみせる。

「緊張しなくて大丈夫ですよ」

「……そ、そんなことを、言われても」

かつて雪媛の推薦で尚薬局《しょうやくきょく》に入った、石《せき》という医官だ。尚薬局は皇帝や皇族の健康を管理している。江良同様に雪媛不在の間はやはり冷遇されていたようだったが、最近は潮目が変わってきたらしい。それを知り、江良は彼に協力を仰いだ。

石に依頼して、いつも雪媛の診察に当たる医官とその助手の食事に薬を混ぜた。高熱を出し体調不良の彼らに代わり、石が代理として今日の診察を行うことになり、江良はその助手に成り代わってともに夢籠閣へ向かっているところだった。

青嘉は「自分が行く」と言ってきかなかったが、彼ではどうにも医官の助手には見えないし、かといって飛蓮ではあまりに目立つ。尚宇はこの状況では冷静に動けそうにない――ということで、発案者である江良自らがこうして乗り込んだのだった。

「そんな顔をしていては怪しいと告白しているようなものです」

「ですが、これがばれたら、私は――」

「今回のことがつつがなく済めば、雪媛様は石殿にさぞ感謝され、未来永劫《えいごう》その恩を忘れることはないでしょう」

　皇帝の寵愛は確実に雪媛のものである。やがて雪媛が完全に復権することを考えれば、ここで恩を売ることは大きな投資である。そう言って口説き落としたのだが、石は直前になって恐ろしくなってきたようだった。

「……わ、私とて、雪媛様に恩を感じているのです。流刑になったと聞いた時には、不憫《ふびん》で……しかし、私にも家族がおりますので、何かあったら……」

「万が一の時には、ご家族のことは私が出来得る限りのことをさせていただくと保証します。ですがそんな心配は無用ですよ。――なにより、苦境にある時、助けとなった相手への信頼と感謝は格別なものです。あなたには決して損はさせません」

「ほ、本当に、雪媛様の様子を見るだけですね？　それ以上のことはなさいませんね？」

「ええ、約束します」

「……ですが、大丈夫ですか？　夢籠閣は多くの兵士が守っているとか。助手に化けても、江良殿の顔を見知った者がいたらどうします」

「仙騎軍に探りを入れたところ、夢籠閣に配属された兵は皆新しく登用された者ばかりだとか。私のことも知らないでしょう」

その人事の内情を知った時、碧成の薄暗い意図を感じた。雪媛と繋がりのある者は当然のこと、雪媛と僅《わず》かでも縁のあった者や、かつての雪媛の力を間近で目の当《ま》たりにしていた者でも、雪媛に取り込まれてしまう可能性があるから、排除したのだろう。それほどに、雪媛を孤立させているのだ。

「雪媛様の病状について、担当医官は何か言っていましたか？」

「いえ、何も。とにかく、夢籠閣で見聞きしたことは何一つ口外してはならない、と陛下から厳命が下っているのです。私も今回、代理とはいえ診察をすることになり、そのように命じられました。万が一外に何かひとつでも漏《も》れれば、家族もろとも極刑に処すと……」

言っていてまた怖くなったらしい。青ざめた顔で医官は俯いた。

「ええ、あなたはその命に従ってください。誰にも何も言わないで、口を閉ざす——私のことも含め、それがよろしい。ところで、その担当医官がどのような薬を処方していたかは調べがつきましたか？」

薬を手配するのはあくまで夢籠閣の外でのこと。これなら調べることも可能だろうと、江良は事前に確認してほしいと依頼していた。

「それが……それもまた医官と助手の二人だけで、誰にも見せずに薬を用意したようで。代理とはいえ診察するからには前回の処方を把握したいと、記録を閲覧《えつらん》できるよう申請したのですが、そもそも処方箋《しょほうせん》がないようなのです」

「……そうですか」

「ああ、見えてきました。あれが夢籠閣です」

池の中に浮かぶような楼閣は、以前にはなかったものだ。江良は胸の奥がうずくのを感じた。

その池は、柔蕾が命を落とした場所だと聞いている。

（きっと雪媛様も、それを思い出しているだろう）

池を取り囲む兵士たちの姿が見える。楼閣に繋がる赤い橋の袂《たもと》には、両脇を固めるように二人の兵士が槍《やり》を手にして立っていた。

江良たちに気がつくと、兵士が警戒して声を上げた。

「ここは何人《なんぴと》も通せぬ」

「ご苦労様でございます。柳才人《さいじん》の診察に参りました、医官の石でございます」

兵士たちはじろじろと石を眺め、そしてその後ろに控えている江良を探るように見た。

江良は俯きがちに、静かに両手で診察箱を抱えている。

「いつもの者と違うな」

「事前にご連絡をさせていただいたと思いますが、担当医官の鄒《すう》が体調を崩しておりまして……代わりに私が参りました。これは私の助手でございます」

思い出したように、一人の兵士が声を上げた。

「ああ、それならさっき連絡が来ていた」

「中へ入る前に身体検査と、荷物の中身を検《あらた》める」

見られて困るものは持ってきていない。若干《じゃっかん》怯えた様子の石と、落ち着いた様子の江良はそれぞれ衣《ころも》の中まで検分された。いい気分はしなかったが致《いた》し方《かた》ない。

診察箱の中まで散々確認され、ようやく中へ入ってよい、と許しが出た。

「半刻以内に済ませろ」

「承知いたしました」

石はほっとしたように頭を下げ、橋に足をかける。江良もそれに続こうとした。

「――おい、待て。その、助手のほう」

江良はぎくりとして足を止めた。しかしあくまで、にこやかに腰を低くする。

「はい?」

「お前、どこかで見たことがあるな――」

「こ、この者が何か?」

慌てて石が駆け寄ってきた。

「本当に医官か？」

「え、ええ。そうです、私の下で働いておりますが」

「なんだ、どうした？」

他の兵士が尋ねる。

「いや、この男、以前外朝で見たことがある気が……」

しかし兵士は、はっきりと思い出せないらしく首を捻《ひね》っている。

（まずいな、礼部《れいぶ》に出入りしているのを見られたか？）

「あ、ああ〜、この者は以前太医署《たいいしょ》におりましたので、それを御覧になったのでは？」

誤魔化そうと石が言い繕《つくろ》った。案外気の回る男だ。

「……そうか」

「あのう、もうよろしいでしょうか。早く診察をしませんと私が叱《しか》られてしまいますので……それに、もしこうしている間にも柳才人に何かあれば、あなた方も皇帝陛下からお咎《とが》めを受けられるのでは？」

兵士はまだ少し気にしている素振りを見せたものの、皇帝の名を出されてにわかに怯えた表情を浮かべた。もう一人の兵士も少し血相を変えて、

「もういいだろう。行け」

と橋を渡るよう促《うなが》す。

「は、はい、ありがとうございます」

江良も頭を垂れ、石とともに池の上へと進んだ。歩きながら、そっと肩越しに先ほどの兵士の様子を窺《うかが》う。

（……皇帝を随分と恐れているな）

畏怖《いふ》というより、恐怖を抱いているような、そんな様子だった。

「柳才人の診察に参りました」

石が告げると、出迎えた宮女は扉の向こうに声をかけた。

「――柳才人、医官が参りました」

中から返事はない。

宮女が「どうぞお入りください」と言うので、石が目を瞬《またた》かせる。

「あの、よろしいのですか？　柳才人のお許しもなく――」

すると宮女は少し答えにくそうな顔をした。

「どうぞ。……最近は、お返事をなさらないのです」

「それほど体調がお悪いので？」

「…………」

宮女はそれ以上何も言わず、中へ入るよう促した。

扉の向こうは、ひどく薄暗かった。窓はすべて閉じられている。

中に入った石が声をかけるが、やはり返事はない。続いて足を踏み入れた江良は背後で扉が閉まるのを確認すると、抱えていた箱を足元に置いた。

「柳才人――？」

「これは――」

部屋の中は荒れ放題だった。調度品の壺は割れて床に散らばり、衝立《ついたて》は倒れ、絵は引き裂かれている。まるで物取りが押し入った後のようだった。

雪媛の姿を探すが、見渡したところ気配がない。物音もせず、石はその異様な雰囲気に尻込みするように立ち尽くしている。

「……雪媛様？」

江良は困惑しながら、寝室と思《おぼ》しき奥の間に足を踏み入れた。そちらも劣らず荒れており、脱ぎ捨てられたような衣が散乱しているのが目に入る。

天蓋《てんがい》から下がった帳《とばり》は一部が破れてだらりと垂れており、その向こうを覗き込んでも人影はない。

（いない？　まさか……）

しかしその時、寝台の陰で何かが僅かに動く気配がした。慌てて覗き込むと、そこには身を縮めるように小さく丸まっている雪媛の姿があった。

「雪媛様！」

江良が声をかけると、雪媛の身体がぴくりと動いた。ゆっくりと顔を上げる。

その顔色の悪さに江良は眉を顰《ひそ》めた。

雪媛は化粧もせず、髪を結ってすらいない。乱れた長い黒髪が絡《から》まり合うように床へと流れている。薄衣《うすぎぬ》一枚を身につけただけの恰好だ。

顔を上げた雪媛の茫洋《ぼうよう》とした虚《うつ》ろな黒い瞳に、ぼんやりと江良が映り込んだ。

すると突然雪媛は大きく目を見開き、そして唇を震わせた。

「………………先生！」

飛びつくように江良に抱きついた。

その勢いに、江良は尻餅《しりもち》をつく。縋《すが》ってくる腕の細さに驚いた。まともに食べていないのではないだろうか。

「……助けて……っ！」

絞り出すような、掠《かす》れた悲痛な声だった。

「雪媛様、落ち着いてください。一体何が――」

「どうして……っ」

大きな瞳から、涙が溢《あふ》れ出ていた。絶望の底を覗くように息遣いは乱れ、身体を震わせている。

「どうしてなの……っ」

「雪媛様――」

「先生、どうしたらいいの……！　みんな、不幸にしてしまうの……！」

江良の衣をぎゅっと掴んだ手に、青白い血管が浮き出している。

「……何をしても、だめなの？　……無駄だったの？」

泣きながらしゃくりあげる雪媛は、子どものようだった。

「先生、教えてください！　どうすれば未来を変えられますか！　どうしたら……」

しかし雪媛ははっとしたように江良から手を放し、頭を抱えて後退《あとじさ》る。

「ああ、だめ――」

「雪媛様？」

「逃げないと……先生のところへは行けない……早く行かなきゃ……」

雪媛の言葉は支離滅裂《しりめつれつ》だった。

興奮状態の雪媛を落ち着かせようと、江良は手を伸ばした。僅かに逡巡しつつも、震えているその細い身体を引き寄せる。

腕の中に抱きしめると、雪媛がひくりと息を呑むのが分かった。安心させるように、江良は耳元で優しく話しかける。

「……大丈夫です」

子どもにするように、ゆっくりと頭を撫でてやる。

折れそうなほどに細い身体を肌で感じた。

「今は私が、傍《そば》におります」

徐々にその身体から、力が抜けていく。

「大丈夫——何も心配は要《い》りません」

根気強く、江良は雪媛に語りかけた。雪媛は江良の胸に額《ひたい》を埋《うず》めるように身体を預けている。傾けられたその重みが、だんだんと深くなっていくのを感じた。震えが収まり、息が整うまで江良は辛抱《しんぼう》強《づよ》く待った。

これほど情緒不安定な雪媛は、初めて見る。

どれほどそうしていたのか、雪媛が落ち着きを取り戻してきた様子を見計らい、江良は仕舞い込むように抱いていたその肩を両手で支えながら、ゆっくりと身体を離した。

白い頬を伝った涙の痕《あと》が痛々しく、指でそっと拭《ぬぐ》ってやる。どこか茫洋《ぼうよう》とした様子の雪媛は、されるがままになっていた。

「──秋海様は、生きておられます」

雪媛がゆるゆると顔を上げる。

その双眸《そうぼう》を覆っていた霞《かすみ》のようなものがゆっくりと晴れていき、僅かに光が戻ってきたように思われた。

「朱《しゅ》家の屋敷で匿っておりますのでご安心を。丹子《たんし》も無事です」

すると雪媛は、ようやくそこに江良がいることに気がついたというように、ゆっくりと瞬いた。

「江……良……?」

名を呼ばれ、江良は少しほっとした。

「はい。雪媛様、今すぐとは言えませんが、必ずここから助け出します。待っていてください」

「……だ、め」

雪媛はうろたえるように頭を抱えて身を縮める。

「殺される──」

「大丈夫です、必ずお守りします」

青ざめた顔で、雪媛は首を横に振る。

「私がここを出れば、宮女を殺すと——もう、一人、死んだ。私のせいで——」

じわりと涙がさらに溢れる。

「あの子たちは何も悪くないのに——私と同じ尹《いん》族だから——それだけのことで！」

「……江良殿、あまり長居はできませんよ……！」

後ろのほうで、石が遠慮がちに呼ぶ声が聞こえた。

半刻で、と言われていたのを思い出す。もう時間がほとんどない。

「石殿、雪媛様の診察をお願いします！」

江良は雪媛を抱え上げ、寝台に横たえた。

石が脈診するのを見守りながら、改めて室内を見渡す。

先ほどの様子からも、そしてこの部屋の荒れ具合からしても、雪媛は精神的に相当追い詰められている。あれほど意志が強く気丈だった人が、心の安定を保っていられないほどに。

「どうです」

尋ねると、石は手に取っていた雪媛の腕をそっと戻した。

「気力が弱っておいでです。食も細いようですし……ただ、重い病にかかっているというわけではなさそうです」

「そうですか……」

「滋養によい薬を処方しましょう。後《のち》ほど用意してお持ちします。——江良殿、そろそろ行かねば」

「ああ……」

江良は少し躊躇《ためら》って、雪媛の傍らに屈《かが》み込む。

「雪媛様、必ずお助けします。もう少しだけご辛抱ください」

聞いているのかいないのか、雪媛は虚《うつ》ろな表情で、江良を見ることもなくぼんやりと横たわっている。先ほどまでの興奮状態は収まっていたが、代わりに何か糸が切れてしまったようだった。

「身体が弱れば心も弱ります。今あなたが為すべきことは、きちんと食べ、よく眠り、身心を労《いたわ》ることです」

反応はない。力なく投げ出された細く白いその手を、江良は強く握りしめた。

「雪媛様——」

この声は、届いているだろうか。

「——あなたは、ここで絶望し蹲《うずくま》るためにあるのですか」

雪媛は宙を見つめている。

「江良殿、急いで！」

急《せ》かす石に、江良は頷き、そっと雪媛から手を放した。

「……もう、行きます」

寝室を出ようとした時、微かに小さな声が背後から聞こえた。

「ごめん……」

驚いて振り返ると、雪媛が臥《ふ》したまま、涙を流していた。

「ごめん、江良……」

「雪媛様……」

「冠希を——守れなかった」

両手で顔を覆い、雪媛が堪《こら》えるように歯を食いしばるのが見えた。

「ごめんなさい……」

雪媛のもとに歩み寄ろうとしたが、石に腕を摑まれる。

「怪しまれてしまいますよ、早く！」

そのまま楼閣の外まで引っ張られていく。雪媛の泣き声は、密やかすぎてもう耳には届かなかった。

帰りは兵士たちから咎め立てされることもなく、二人は夢籠閣からそそくさと離れていった。人気《ひとけ》のないところまでやってくると石は立ち止まり、安堵したように胸に手を当てて大きく息を吐いた。

「よかった……最初はどうなるかと思いましたよ」

「石殿、本当に感謝します。――雪媛様のこと、よろしくお願いします」

「大きな病を患っているわけではなく、よかったですがね……実を言うと、ご懐妊なのではないかと疑っていたんですが、そういうことでもなかったですし。あれは心気が損《そこ》なわれたせいでしょうねぇ……」

そういえば、と石は首を傾げた。

「雪媛様はどうしてあなたを先生と呼ぶんです？」

「……ああ、いえ、何か混乱していたようで」

江良は楼閣のある方角を振り返った。

確かに、雪媛は何度も江良を先生、と呼んでいた。話している内容も要領を得ず、誰か別の人物に語りかけているように思えた。

（そういえば――）

一度だけ、雪媛に『先生』と呼ばれたことがあるのを思い出す。

あれは確か、まだ彼女に出会ったばかりの頃。あの時も雪媛は、子どものように泣きじゃくっていた。

六章

「雪媛《せつえん》の様子はどうだ」

薄暗い執務室で、碧成《へきせい》は上奏文《じょうそうぶん》に目を通しながら侍従《じじゅう》に尋《たず》ねた。以前であればいつもすぐ傍《そば》に控えていた冠希《かんき》はもういない。年嵩《としかさ》の侍従は、身を固くしながら答えた。

「宮女の話では、ここのところ昼でも寝室に籠《こも》って膳《ぜん》にもほとんど手をつけず、訳の分からないことを呟《つぶや》いていたり、物を投げつけたり……ひどく気鬱《きうつ》なご様子だと。今日も医官の往診《おうしん》がありましたが、やはり特効薬はないと。たまには外へ出たり、気晴らしになるようなことをされるのがよいとの意見を――」

だん、と音を立てて机に上奏文を叩きつける。侍従は怯《おび》えたように身を竦《すく》ませた。

「い、医官からは、そのような意見が出ております……」

「ならぬ。外は危険だ。雪媛はあそこから出てはならぬ」

「……で、では、客人を招くのはいかがでしょうか。柳才人《りゅうさいじん》も話し相手がいれば、少しは気が紛《まぎ》れるのでは？　外からご友人をお呼びして……」

　碧成の様子を怖々と窺《うかが》いながら、侍従は懐《ふところ》から一通の書状を取り出した。

「実はちょうど、黄《おう》家の奥方からこのようなものが届いております」

「黄家……？　胡州《こしゅう》の黄家か」

「はい、左様《さよう》でございます」

　恭《うやうや》しく碧成に書状を渡す。

「久しぶりに都を訪れるので、是非一度陛下《へいか》と柳才人に謁見《えっけん》させていただきたい、と。黄家はあの蓮鵬山《れんほうざん》の噴火の折に当主が亡くなり、その後系譜は絶えてしまわれましたが、生き残った奥方へ柳才人が大層心配りをされたとか。そのご恩に深く感謝されていらっしゃるそうで、先だっての流罪《るざい》の話に心を痛めておいでだったようです」

　書状の内容に目を通しながら、碧成は噴火があった当時を思い出していた。まだ雪媛が父の後宮《こうきゅう》にいた頃だ。彼女は噴火を予言し、神女の名を確固たるものとした。

　その神々《こうごう》しい姿に、皇太子であった自分はすっかり心を奪われ、そして父を憎んだ。自分の愛する人を我が物にしている、あの皇帝を。

「いかがでしょう、陛下ご同席のもとであればお会いになってもよろしいのでは？　絶えた家柄の未亡人で何の力もありませんし、現在では人付き合いもほぼなく田舎《いなか》に引き籠っている無害な女人です。柳才人の話し相手としては、最適かと」

熱心に勧《すす》める様子から、この侍従は件《くだん》の未亡人からそれなりの心付けをもらっているのだろうと察した。

それでも、この話は悪くないと思った。後宮の女たちを雪媛に近づけるつもりはないし、都にいる知己《ちき》と合わせるつもりもない。だが、確かに雪媛はここのところひどく塞《ふさ》ぎ込んでいる。その笑顔を、もう随分《ずいぶん》見ていない。

(雪媛が生き生きと笑う姿が見たい……)

どんな贈り物をしても、愉快な話をしても、今の雪媛は虚《うつ》ろな目を向けるばかりだ。それが苛立《いらだ》たしく、雪媛が自分のものであるという実感が欲しくて、いつも無体な真似をしてしまう。

碧成が欲しかったのは、あの頃父から奪い取りたいと願った、輝くような生命力を放つ柳雪媛という女だった。あの輝く瞳を、自分に向けさせたい。

この円恵《えんけい》という女は侍従の言う通り、他愛《たわい》のない話し相手としてうってつけの相手に思えた。都に滞在するのは僅《わず》かな期間の、なんの後ろ盾《だて》も持たない女。

「……いかがでございましょう、陛下？」

上目遣《うわめづか》いにこちらを窺《うかが》う男に、碧成は蔑《さげす》んだ視線を向けた。

「――いいだろう。余が同席の上、夢籠閣《むろうかく》での謁見を許す」

侍従はぱっと相好《そうごう》を崩し、「ではすぐにそのように手配を」と部屋を出ていった。


（温かい手……）

冷えた手を包んでくれた温《ぬく》もり。老人のそれはひどく骨ばって、かさかさだったけれど、これほど安堵《あんど》する手は他になかった。今自分を包む手は、同じ温もり。でも、記憶にある手と違ってしなやかで大きく、どこか頼もしい。

その温もりに揺さぶられ、霞《かすみ》がかっていた雪媛の意識は僅《わず》かに晴れていった。

重い身体を起こしたのは、江良《こうりよう》が慌《あわ》ただしく部屋を後にしてから随分《ずいぶん》と経《た》ってからのことだ。

静まり返った薄暗い寝室。そこにいるのは自分、ただ一人だけだ。

喉《のど》がひどく渇《かわ》いている。

――あなたは、ここで絶望し蹲《うずくま》るためにあるのですか。

雪媛は緩慢《かんまん》な動作で寝台から降りた。傍《かたわ》らに置かれた水差しから自《みず》ら水を注ぎ、一気に飲み干す。

ふらふらと覚束《おぼつか》ない足取りで壁際《かべぎわ》まで歩き、窓を開ける。久しぶりに光が差し込み、風が肌を撫でる感触がした。

宮女の姿はない。このところあまりに無気力な雪媛の様子に、彼女たちは四六時中《しろくじちゅう》見張ることをやめたようだった。

「――誰か」

外へ声をかけると、宮女が一人「お呼びですか」と現れる。

「湯を運んで。身を清めるわ。――着替えも用意して。髪も結い直す」

「かしこまりました」

「それから……何か食べるものを」

「は、はい」

少し驚いた様子で、宮女が慌ただしく準備のために出ていく。

身体に思うように力が入らない。雪媛は長椅子に腰を下ろして息をついた。

――今あなたが為《な》すべきことは、きちんと食べ、よく眠り、身体を労《いたわ》ることです。

（……はい、先生）

手近に置かれた手鏡を手に取り、覗《のぞ》き込む。生気のない、青白い顔の柳雪媛が見返してきた。不思議とその顔には、どこか見覚えがある気がした。

（ああ……安皇后《あんこうごう》だ）

絶望し、感情をなくしたように毎日を無為に過ごしていた、あの、かつての皇后。

彼女を見ていると、その無気力ぶりに怒りすら覚えた。その覇気のなさは弱さだと思っていた。自分とは違い、意志が弱く、立ち向かう勇気を持たない人間なのだと。自分であればそんなふうにはならない、と──。

自らの傲慢《ごうまん》さに、今更ながら恥じ入る思いがする。

（冠希──）

ぎゅっと目を閉じた。

あんな死に方をさせるために、自分は戦ってきたのではない。

「私にはまだ……やらねばならないことがあるわ」

そのために、まずは自らを整えておかねばならない。何があっても、いつでも最善を尽くせるように。

やがて雪媛は身支度を済ませ、用意された食事に手をつけた。ずっとまともに食べていなかったせいであまり多くは口に入れられなかったものの、それでもなんだか気分が落ち着き、僅かながら力が湧いてきた気がした。

夕刻になると、先ほどの医官が薬を持って訪ねてきた。

「今日は食が進まれたようで何よりです。ですがあまりご無理なさいませんように。急いではなりません」

雪媛は頷《うなず》き、黙って湯薬《やくとう》を飲み干した。

それを見て医官はほんの僅か喜色を浮かべ、頷《うなず》いたように見えた。言葉はなくとも、回復への意志が伝わったのだろう。後で江良《こうりょう》に様子を伝えてくれるはずだ。

その夜も、碧成がいつものように訪ねてきた。

「胡州黄家の円恵殿を覚えているか？」

唐突に出されたその名に、雪媛は驚いた。

「…………はい」

「都に来るので、そなたに会いたいと言っている。それで、ここに招くことにした」

「ここ……夢籠閣に、でございますか」

「そうだ」

「ですが……」

誰にも会ってはならぬ、と言っていたのではなかったか。そう言いたげな雪媛の顔に、碧成は苦笑した。

「たまには気晴らしが必要だろう。なに、余も同席する」

やはり、監視の目を光らせるつもりなのだ。

(円恵……あの男の母親……)

円恵自身に恨みがあるわけではない。

夫も息子も亡くし打ちひしがれた彼女を、哀《あわ》れに思ったのは事実だ。だからできるだけのことはした。彼女の不幸はすべて、雪媛の——玉瑛《ぎょくえい》のせいだったから。

複雑な気分ではあったが、それでも碧成以外の来訪者を迎えられることはよい兆《きざ》しに思えた。こうして徐々に、碧成の警戒心を解いていくことができれば。

「それは……楽しみでございます」


江良から夢籠閣でのあらましを聞いた時、青嘉《せいか》が真っ先に考えたのはあの反《たん》州での出来事だった。碧成がそうまでして雪媛を孤立させ閉じ込めておく理由。そのきっかけとなったのは恐らく、自分だ。

(使者が来ていたと言っていた——)

見られていたのだ。それを、碧成が知った。

(雪媛様——)

た。

「では、もはや陛下は雪媛様の言うことには耳を傾けないというのか」

尚宇《しょうう》が青ざめた様子で頭を抱《かか》えた。柳本家には再び、青嘉、江良、飛蓮《ひれん》が顔を揃《そろ》えてい
「雪媛様が逃げ出すようなことがあれば、尹《いん》族である宮女たちの命はないと脅《おど》されているらしい。すでに、一人命を落としているそうだ」

「……非道な……！」

悔しそうに尚宇は歯噛みした。

「それでは雪媛様は動けぬ！　そういう方なのだ！　そういう方だからこそ……私は……！」

「雪媛様は気力を失っておられる。……ご自身で状況を変えることは難しいだろう。我々で打開策を講じる必要がある」

「すぐにお救いしなくては！　そのような残酷な牢獄から、一刻も早く！」

尚宇は身を乗り出したが、飛蓮がそれを制すように「しかし」と声を上げる。

「救うといっても、まさか後宮から雪媛様を攫《さら》ってくるわけにもいかないでしょう。雪媛様が以前のように自由に身動きでき、かつ陛下に影響力を持つ状態に持っていくことが肝要です」

「飛蓮殿の言うとおりです。陛下が雪媛様に縋《すが》るしかない状況を作るしかない。雪媛様の唯一無二《ゆいいつむに》の力、神女としての力を求めるように――」

（傍を離れるべきじゃなかった）

膝《ひざ》を突き合わせて相談する江良たちを横目に、青嘉は手にした剣をぐっと握りしめていた。

（何を言われても、どんなことがあっても、傍にいるべきだったのに）

話し合いの結論は出ず、重苦しい雰囲気の中でこの日は解散となった。青嘉は鬱々《うつうつ》とした気分のまま、江良とともに柳家を後にした。

「――そういえば、青嘉。うちに招待状が届いていた」

帰り道、隣を歩く江良が思い出したように言った。

「招待状？」

「珠麗《しゅれい》との婚礼の招待状だ。こんな時だが、めでたいことだ。言ってなかったが――おめでとう」

「いつだ」

青嘉は唐突に足を止めた。

「え？」

「日取りはいつと書いてあった」

「……お前、自分の婚礼の日取りすら忘れたのか？」

呆《あき》れたような江良に、青嘉は思わず突っかかる。

「俺は承諾《しょうだく》していない……！」

「何？」

「義姉上《あねうえ》と結婚するつもりなどない。義姉上にもはっきり伝えた！　それが――」

碧成と謁見した後、とにかくすべての準備を中断せよと家中に命じたのだ。その後は雪媛のことであれこれと動き回ってばかりで、珠麗ともまともに会っていない。

それでも、当主である青嘉の命《めい》なのだ。それを無視して勝手に話が進められているとは思わなかった。

（義姉上――）

「……俺は、お前は昔から珠麗を想っていると思っていたが」

青嘉の様子に、江良は少し考え込むように言った。

「俺の勘違いだったか？」

「…………お前にも見破られてたのか」

ひた隠しにしていたつもりだったのに。青嘉は大きくため息をついた。

「それなら——」

「いいや、違う。確かに昔はそうだった。だが今は……」

雪媛と出会って、すべてが変わったのだ。

「とにかく、その招待状のことは忘れてくれ。家に戻ったら、珠麗にも家令《かれい》にも言い聞かせておくから——」

「青嘉」

江良が、ひどく静かな声で名を呼んだ。

「雪媛様の歩まれる道は、普通の女人のそれとは違う。わかっているな?」

「……? ああ」

「お前が雪媛様を求めることは——お前にとっても雪媛様にとっても、幸せなことではないと思う」

青嘉は息を呑んだ。

「江良——」

「珠麗のことは結構確信があったんだけど、雪媛様への献身は……お前の強すぎる忠誠心ゆえかとも思っていた。だがここ最近のお前を見てると……」

「…………俺は自分で思っている以上に、そんなにわかりやすいか」

江良は苦笑した。

「皇帝の女を想えば苦しいだけだ。……それは、俺も知っている」

そう言ってどこか、遠い目を空に向ける。

「だが雪媛様は、皇帝の女に留《とど》まるつもりはない。更に高みを目指す」

「わかっている」

「尚宇が言っていた。――お前が雪媛様の道の妨《さまた》げになる気がする、と」

「………………」

「確かに、雪媛様はお前と出会って変わったように思う。今のところ、それは決して悪い変化じゃない。でも」

淡々と、江良は言った。

「いつか、お前が雪媛様の足枷《あしかせ》になるようなことがあれば、俺はお前を排除するよ」

「江良――」

「そうならないことを、祈るけどね」

「……そのつもりだ」

小さく息をつき、江良は歩き始めた。

「……式は、中秋節《ちゅうしゅうせつ》に行われると書いてあったぞ」

「中秋節⁉」

もう七日後に迫っている。

「他の主《おも》だった家にも招待状は送られているだろう。これを中止するとなると大ごとだぞ。何しろ陛下のご意向も絡んでいる。今の陛下が、それを聞けばどうなるか——最悪の場合、王家《おう》は取り潰《つぶ》される」

青嘉は重い息を吐いた。

「俺はどうにも、皇帝というものと相性が悪いな……」

皇帝に疎《うと》まれ、遠ざけられ、やがて殺された王青嘉。やり直しの人生になっても、そんなつもりはないのにこの構図は変わらないらしい。

(でも今度は、殺されるわけにはいかない)

まだ、やらなければならないことがある。

江良と別れて王家の門を潜《くぐ》ると、青嘉はすぐに家令のもとへと向かった。

「俺に断りもなく招待状を出したのか」

険《けわ》しい表情で問い詰められた家令は驚いて、恐縮しながら弁明した。

「そんな、旦那様。珠麗様から、旦那様もご了承されていると伺《うかが》っております」

「義姉上が？」

「左様《さよう》でございます。何しろ陛下のご命令を受けての婚礼でございますので、私としても日取りも決まらぬのは困ったことだとやきもきしておりましたが、珠麗様が旦那様と話し合われ、このように手配せよと仰せに……」

青嘉は弁明する家令をその場に残し、もどかしい思いで珠麗の部屋へ向かった。

「義姉上――青嘉です」

外から声をかけると、「どうぞ」という返事があった。

勢いに任せて扉を開けると、椅子に座り縫い物をしていた珠麗がちらりと青嘉を見た。

「血相を変えて、どうなさったのです」

そう言って、すぐに手元に視線を戻す。

青嘉は入り口に立ったまま、それ以上中へは入らなかった。

「…………私は、義姉上を恋《こ》い慕《した》っておりました」

針を持つ手が、ふと止まった。

「兄上との結婚が決まった時に、すべて諦《あきら》めたつもりでした。想いは生涯、この胸に秘めておこうと誓ったのです」

珠麗はゆっくりと顔を上げた。その髪には、あの簪《かんざし》がある。

「その簪を見た時、義姉上によく似合うだろうと思いました。贈るつもりもないのに手元に置いたのは——諦めきれていなかったからです。いつか、それを贈ることができたらいいと……」

もう、遠い遠い昔のことだ。青嘉にとっては、数十年も前のことになる。

「ですがその簪は——一度捨てたのです」

「………………え?」

「思いを断ち切るために、捨てました。それを雪媛様が拾い、そして義姉上に贈りました。私からだと偽《いつわ》って」

珠麗は目を見開く。

「申し訳ありません。それをずっと、伝えられずにおりました。——その簪を捨てた時に、私の中ではすべて終わっているのです」

しばらく、珠麗は何も言わなかった。針を持つ手は止まったままだった。

「……秘めた想いなら……」

囁《ささや》くような声だった。

「その想いが……その胸の奥底から再び日の目を見ることもあるのではありませんか?」

「いいえ。今の私の心には、すでに——別の方がおります」

細い指が僅かに震え、布地をゆっくりと握りしめるのがわかった。

「このまま夫婦になったとしても、私は義姉上を、義姉上としてしか愛することはできません。そのような夫を持つ女子は不幸です。この婚姻は、私にとっても義姉上にとっても――残酷です」

珠麗は無言のままただじっと、息を潜《ひそ》めるようにしてそこにあった。

「……婚礼の準備は、中止してください」

「もっと――」

珠麗がぽつりと言った。

「もっと早く、打ち明けてくださっていたら――」

「……申し訳ありません」

珠麗は俯き、顔を背《そむ》ける。

「……少し、考えさせてください」

珠麗は部屋に籠《こも》っているのか、翌日になっても姿を見せなかった。

すべて自分の優柔不断さが招いたことだ、と青嘉は悔やんだ。珠麗に想いを寄せて、それをいつまでも引きずっていた自分。思わせぶりな贈り物の誤解をすぐに解けなかったのは、かつての想い人への情がどこかにくすぶっていたからかもしれない。

（結局、傷つけた――）

家令に言いつけて、招待状を送った相手の一覧を用意させた。これらすべてに、詫び状を出さなければならない。それでも、勝手に送ってしまうつもりはなかった。珠麗が、きちんと納得した状態でなければ。

書斎で文面を考えながらも気にかかるのは、碧成のことだった。婚礼が流れたと知れば、一体どんな反応を示すだろうか。

――最悪の場合、王家は取り潰される。

江良の言葉が思い出される。理由は違えど今度の人生でもまた、自分は皇帝から疎まれる存在になってしまった。

その時、青嘉はふと、妙な気分になった。まるで今初めて気づいたように、改めて思い起こした。雪媛の目指すものもまた、皇帝なのだ、と。

――いつか、お前が雪媛様の足枷になるようなことがあれば――俺はお前を排除するよ。

そう言われた時は、まさかと思った。そんなことはあるはずがない。どうして江良はそんなことを言うのだろう、と。

だが、自分でも感じているではないか。

どうにも、皇帝というものと相性が悪い――と。

唐突に何か、暗く冷えたものに触れてしまった気がした。

思考に蓋《ふた》をし、頭を振る。

（そんなことには、ならない）

筆を置き、庭へと出た。

以前ならそこで走り回っていた志宝《しほう》の姿はない。杖《つえ》を使って歩く練習を始めた志宝だったが、思うように足が動かないことに癇癪《かんしゃく》を起こしては皆を困らせていた。今日はその声も聞こえない。部屋に籠っているのだろうか。

「――志宝」

志宝の部屋を覗くが、姿がない。使用人に尋ねても、誰も見ていないという。

青嘉は屋敷中を捜し回って、やがて厩《うまや》の中でその小さな影を見つけた。

志宝は左手で杖をつきながら身体を立たせ、右手を馬の首に伸ばしている。落馬したことで馬に対する恐れが生まれるかもしれないと案じていたが、その姿に少し安堵した。

小さな手で、愛《いと》おしそうに馬を撫でている。今でもきっと、その背に乗って駆けたいのだろう。

だがもう、志宝が将軍となり戦場を駆けまわるあの未来は、来ない。

(せめて学問を修めて、官吏《かんり》になる道があれば……)

科挙《かきょ》の考試を受ける前提条件は、健康な身体であることだ。足が不自由な志宝は、その段階で資格を有していないことになる。

それでも、と青嘉は思った。

雪媛ならば。雪媛が創《つく》る国ならばきっと、そんな条件は設《もう》けない。

そんな未来を、ともに見たいのだ。

青嘉は書斎に戻ると、再び詫び状の作成にとりかかった。その未来に辿《たど》り着くためには、まずは王家を存続させなければならない。

右手が攣《つ》りそうになりながらも百通近い書状をしたためた。出来るだけ早く、これを招待客たちに届けなくてはならない。だがそれから二日経っても、珠麗からの返答はなかった。

もう中秋節は間近だ。

(こちらからもう一度、話しに行くべきか――)

そう考え部屋を出ようと扉を開くと、目の前に珠麗が立っていた。

「――あ」

驚いた様子の珠麗は、青嘉の顔を見ると少し俯いた。

「義姉上……今、そちらに伺おうかと」

「……………青嘉殿に、お伝えすることがあってまいりました」

僅かに居住まいを正しながら、珠麗は言った。

「先ほど、家中にはすべての準備を取りやめるよう指示を出しました。招待状を送った先にも、中止になった旨《むね》、すぐに連絡を入れさせます」

「義姉上――」

ただ、と珠麗は不安そうな面持ちになる。

「これで……陛下の命に逆らうことになってしまうのが……気がかりです」

青嘉は胸を撫で下ろした。

「心配は要《い》りません。私が責任を持って、陛下にご説明申し上げます。――義姉上、感謝いたします」

珠麗はほんの少し、微笑んだ。

肩の荷が下りたような、どこか憑《つ》き物が落ちたような顔をしている。

それがひどく嬉しく、そして心強いと思った。王家を守り存続させるためには、珠麗の力が必要だ。

「――旦那様！　珠麗様！」

家令が声を上げながら慌てた様子で駆けてくる。青嘉と珠麗は、何事だろうかと顔を見合わせた。

「どうした」

「どうかこちらへおいでください！　志宝様が……！」

「志宝が？　どうしたの⁉」

「お、お早く！」

蒼白な顔で促《うなが》す家令の後を、二人は慌てて追った。

嫌な予感がした。

志宝は将来に絶望していた。万が一、自らの命を絶つようなことがあれば――。

家令が案内したのは、屋敷の隅に建てられた、先祖代々の品を保存している倉だった。

「この中でございます！　志宝様が、倒れておられて……！」

開いたままの扉。青嘉は急いで飛び込んだ。

「志宝！」

倉の中は薄暗く、ひどくひんやりとした空気が漂っていた。目を凝《こ》らすが、志宝の姿は見えない。

「志宝、どこだ！　――明かりを持ってこい！」

そう声をかけた時だった。

がたん、と背後で扉が閉まる音がした。差し込んでいた光がなくなったことで、倉の中には突如闇が広がった。

「――⁉　おい、何をして――」

鍵のかかる音がした。

「旦那様、お許しください……！」

泣きだしそうな家令の声が聞こえてくる。

「あと三日――婚礼の日まで、どうかここでご辛抱《しんぼう》を。食料と水は、倉の中に用意してあります」

「何を言っている⁉」

「――青嘉殿。私が頼んだのです」

珠麗だった。

「義姉上⁉」

「陛下のご意向に逆らえば、王家はどうなるか――。志宝の未来のためにも、この婚礼は執り行う必要があるのです」

それはひどく平坦な口調で、珠麗の感情は窺い知れなかった。

青嘉は扉を叩いた。

「義姉上！　ここを開けてください！」

それでは、先ほどの言葉はすべて嘘なのか。

青嘉を油断させ、ここへ誘い込むために。

「これよりこの倉には、誰にも近づけさせません。声を上げても徒労となりましょう。……当日の朝、お迎えに参ります」

「義姉上──」

信じられない思いだった。珠麗がこんなことをするのか。

こんなことを、する人だっただろうか。

「義姉上！　義姉上！」

扉に張り付くようにして、青嘉は声を上げた。

「…………珠麗！」

どん、と扉に拳を叩きつける。

しかし、もう応《こた》える者はなかった。

円恵を迎えるために二階の見晴らし台へ円卓が据えられ、宮女たちが忙しく花を飾り、茶器や茶菓子を運び込んでいた。鏡台の前で化粧を施《ほどこ》していた雪媛は、自分の気分がいくらか高揚していることに気がついた。

ここに閉じ込められて以来、碧成と宮女たちとしか会話をしていない。しかも会話といっても、ろくなものではなかった。久しぶりにまともな会話が――自分をここへ幽閉《ゆうへい》しようとする意志のない相手と他愛のない話ができることに、無意識に心が弾《はず》んでいる。

（こんなことを思うなんてね……）

どうやら自分は、相当に参っているらしい。

「陛下がお見えでございます」

宮女の声に、雪媛は鏡台の前から立ち上がった。

出迎えると、碧成に伴われて女が一人、橋を渡ってやってくる。

「雪媛様……！」

円恵は喜色を浮かべて駆け寄ってきた。久しぶりに見た彼女は、息子を失い憔悴《しょうすい》したあの頃とは違い、顔色もよい。

「円恵様、お久しぶりでございます。お元気でしたか」

「はい、雪媛様のお陰でつつがなく過ごしております。――ああ、雪媛様、心配しておりました。反州へ流されたと聞いた時には、一体どうなることかと。無事にお戻りになられて何よりですわ。さぞご苦労されたことでしょう、こんなにおやつれになって……」

「見た目よりは元気ですわ。さぁ、どうぞこちらへ。眺めが素晴らしいのですよ」

円恵は案内されて二階へ上がると、感嘆の吐息《といき》を漏らした。

「この楼閣は陛下が雪媛様のためにお造りになったと聞きましたが、陛下の雪媛様を想うお心が滲《にじ》んでおりますね」

「……ええ。本当に、その通りですわ」

碧成は二人を見守るように椅子に腰かけた。今日は機嫌がいい様子で、ほっとする。

「どうぞお掛けになって。――今の暮らしはいかがです。ご不便なことはございませんか」

「ええ、お陰様で静かに過ごしております。毎日、寺へ行き夫と息子を弔《とむら》っておりますの。それから、小さいですが庭の手入れもしていますわ」

「お宅のお庭は、大層ご立派でいらっしゃいましたものね。お懐《なつ》かしいこと」

「ああ、あの時は……息子の誕生祝いで、雪媛様がおいでになると聞いた際には驚きましたわ。雪媛様の舞の見事だったこと！　陛下はいつでもあの舞をご覧になれるのでございますね、羨《うらや》ましゅうございます」

「ほう、祝いの舞か。いつ頃のことだ?」

「あれは先帝の御代《みよ》――雪媛様は昭儀《しょうぎ》でいらっしゃいましたね」

談笑する三人の傍らで、宮女が茶を淹《い》れる。どうぞ、と卓上の菓子を勧められ、気がついたように円恵は持参した包みを掲《かか》げた。

「あの、実は私、僭越《せんえつ》ながら月餅《げっぺい》を作ってまいりましたの。もうすぐ中秋節でございましょう？　お口に合うとよいのですが……」

「まぁ、嬉しいですわ」

丁寧《ていねい》に包みを解いて、漆《うるし》塗りの箱を取り出す。蓋を開くと、美しく細かな文様が描かれた月餅が敷き詰められていた。

「夫が生きておりました頃は、いつもこうして私の作った月餅を、二人でひとつ、半分ずつにして食べていたのです。長らく子が出来ませんでしたので、夫婦二人でずっと生きていくものだと思っておりました……」

思い出すように、並んだ月餅を見つめる。

「夫と息子を亡くして以来、月餅は一度も作っていなかったのです。ですが、陛下と雪媛様にお目にかかれるこの機会に、自分の気持ちに整理をつけようと……」

雪媛は僅かに胸が疼《うず》くのを感じた。

あの時のことを、後悔などしていない。自分がこの世で生きていくためには、絶対に必要なことだった。それなのに、雪媛と同様に彼女もまた大切な人を失ったという事実に、心に重石《おもし》がのせられた気分になる。

「……まぁ奥様、ご立派なお心持ちでいらっしゃいます。ねぇ、陛下」

「ああ。ではいただこう。——毒見役をこれへ」

碧成が宮女に命じた。

「気を悪くなさらないでください。毒見は皇宮でのしきたりですので」

雪媛が気遣《きづか》うと、円恵はもちろんです、と言った。

「あの、わざわざお毒見役をお呼びにならずとも、よろしければ私が食べますわ。自分で作った菓子ですもの、問題ないことは私が一番よく知っておりますから」

そう言って円恵は月餅をひとつ手に取り、一口齧《かじ》った。味わうように咀嚼《そしゃく》し、ふっと微笑む。

「……うん、久しぶりにしては、良い出来です。黄家の月餅は鹹蛋《シエンタン》の黄身を入れるのですよ」

円恵はひとつ器《うつわ》に取り分けると、どうぞ、とまずは碧成に勧める。すると碧成は困ったように表情を曇らせた。

「ああ、そうなのか。すまないな、余は鹹蛋がどうにも苦手で——」

「まぁ……！　陛下、大変申し訳ございません！　とんだ手抜かりを──」

「よい。雪媛、奥方の折角《せっかく》の心遣《こころづか》いだ。余の分まで賞味するがよい」

「ええ。では──」

差し出された月餅を口に含むと、僅かに苦みのある奇妙な味がした。

「……不思議な味がいたしますわ。隠し味がおありですか？」

「ええ、そうなのです」

円恵は微笑んだ。

「ねぇ雪媛様。息子の誕生祝いにいらした折、あの子を抱いてくださいましたでしょう？」

「あ……ええ」

「本当に可愛らしい子で……あの子を初めてこの手で抱いた時、私はこの子のためならどんなことだってできる、と思いました」

「…………」

「どうして、あの子が死ななければならなかったのでしょう。一体、あの子にどんな罪があったというのでしょう……」

気がつくと、円恵は額《ひたい》に汗をかいていた。浮かべた笑みも、強張《こわば》っているように見える。

「あの子には……これから長い人生が……待っているはずでした……」

様子がおかしい。雪媛は訝《いぶか》しんで声をかけた。

「円恵様、どうなさいました？　ご気分でも……」

悪いのですか、と尋ねようとした時だった。

雪媛は眩暈《めまい》を感じた。

上体が崩れ落ちそうになり、円卓にもたれるように両腕で身体を支えた。

「……？」

だんだんと、手足が痺《しび》れてくる。

「雪媛？」

碧成も異変に気がつき、怪訝《けげん》そうに声を上げる。

（何……？）

息が上がり、汗が噴き出した。吐きけがせりあがってくる。

どこかで甲高《かんだか》い声が響き渡った。最初それは悲鳴かと思ったが、くるったような笑い声なのだとやがて気がついた。

笑い声の主《ぬし》はすぐ目の前にいた。

円恵は、雪媛同様に苦しそうに顔を歪《ゆが》めながらも、けたけたと笑っている。

「――ああ、旦那様！　楊殿《ようどの》！　やったわ……！」

苦しそうにあえぐ雪媛に、碧成が椅子を蹴倒して立ち上がり飛びついた。

「雪媛！　雪媛！　……誰か！　すぐに医官を呼べ！」

「陛下、鹹蛋《シエンタン》を入れたのは私の——ひいては黄家最後の忠誠の証《あかし》でございます！　決して陛下が口にされませぬようにと……うぅ……！」

苦しそうに呻《うめ》きながら、円恵は蒼白な顔で蹲り身体を折った。

「そなた、菓子に毒を……！」

「どう……して……」

雪媛は切れ切れに掠《かす》れた声で問いかけた。

円恵の震える人差し指が、ひたりと雪媛を指す。

「お……お前が……私の夫と、息子を、殺した……私は、何も知らず……お前を恩人だなどと崇《あが》めて……！　ああ……旦那様……楊殿……許してちょうだい！　すぐに私も……そちらへ……行くから……！」

絞り出すような声で叫ぶやいなや、円恵はその身を引き攣《つ》らせ倒れ込む。

宮女たちの悲鳴が聞こえた。

耳元で、碧成が雪媛の名を叫んでいる。

それらはやがて、幾重《いくえ》もの扉が一つずつ閉められていくかのように、徐々に雪媛から遠ざかっていった。霞んだ視界の向こうで、倒れ伏した円恵がもがき苦しんでいる。
——与えたものはいずれ必ず返ってくる。
かつて青嘉に向けて語った、自分の言葉だ。
(罪の報《むく》いも——必ず返ってくる)
道理だ、と思った。
円恵を恨む気持ちは湧いてこなかった。彼女には、雪媛に復讐する権利がある。
ただ、苦しい。
苦しい。息が出来ない。
(死ぬのか——)
こんな形で。こんなところで。
ぼやけた視界の中で、青嘉の姿を探した。
いるはずもないのに。それでも、その姿を追って、手を伸ばす。
(——殺してくれ)
声に出したつもりだったが、雪媛の口からは掠れた呻き声しか出てこない。
(あんな女ではなく、お前の手で)
——あなたが死ぬときは、必ず私が手を下すと——約束します。

（約束、しただろう――）

――だからそれまでは――必ず、生きてください。

世界が揺らぐ。

もう、何も見えない。

何も聞こえない。


「雪媛！　雪媛……！」

碧成は叫び続けた。

しかし雪媛は固く瞼《まぶた》を閉じ、腕の中で力なくその身を投げ出している。

「誰か、その女を捕らえよ！　即刻死罪を申し付ける！」

碧成は叫んだ。騒ぎに気づいて駆けつけてきた兵士たちは、槍《やり》の穂先を倒れ込んで動かない円恵に向けながら彼女を取り囲んでいく。

兵士の一人が屈んで、横臥《おうが》した円恵を覗き込む。顔を上げると、彼は困惑した表情を浮かべた。

「――陛下、すでにこと切れております」

その言葉に、怒りと絶望がないまぜになった。円恵の罪をこの手で裁けなかったことへの怒りと、そして、雪媛も同様に死んでしまうかもしれないという絶望が。

「雪媛……！」

真っ青な顔。だが、まだ息はある。しかしその呼吸はなんと弱々しいのだろう。

「雪媛、嫌だ、雪媛……！」

細い体に縋るように掻き抱く。

「いかないでくれ……！」

身体が震えた。

もしこのまま雪媛を失うようなことになれば、どうしたらいい。一体どうして、よりにもよってあんな女をここへ引き入れてしまったのか。

円恵の謁見を進言した侍従が、隅のほうで蒼白になっている。碧成はぎらりと彼を睨みつけた。

「……へ、陛下！」

侍従はがばりと平伏し、床に額を擦《す》り付けた。

「お許しを！　私は何も知りませんでした……！　まさかこのような企《くわだ》てを……」

碧成は雪媛の身体を横たえ立ち上がった。そして剣を手に取ると、ゆっくりと無言で侍従を見据えながら歩み寄っていく。

「陛下――お、お許しくだ――」

　哀願の言葉も聞かず、碧成は斬りかかった。一度だけでは足りないとでもいうように、幾度も幾度も、剣を振り下ろす。

　すでに息絶えた侍従の身体に、何度も刃《やいば》が突き立てられる。兵士も宮女も、暗い面持ちで視線を逸らした。

「お前のせいで……！　お前の……！」

　くるったように、碧成は剣を振るい続けた。

　ようやく駆けつけてきた医官は、その惨状に絶句した。碧成は息を切らして血まみれの剣を放り出す。

「早く――早く雪媛を診《み》よ！」

　その声に我に返った医官は、慌てて倒れている雪媛に駆け寄る。碧成はいてもたってもいられず、医官の後ろで様子を見守った。

「どうなのだ、助かるのか……！」

　脈を取る医官は、なかなか返事をしない。

「助かるのだろうな！」

さらに畳みかけると、医官は助手にいくつかの指示を出し、「柳才人を寝室へ」と命じて運ばせた。

「陛下、恐れながら――柳才人の身体にはかなり毒が回っております。大変危険な状態です」

「早く、早くなんとかせよ！　どれほど貴重な薬を使っても構わぬ、国中を探してどんな秘薬でも用意させる！」

「…………最善を尽くします、陛下」

縋るように枕元に寄り添い、雪媛の手を握りしめながら夜を明かした。いつ彼女の息が途絶えてしまうかと思うと、離れることも眠ることもできない。

朝日が差し込む頃になっても、雪媛は目を覚まさなかった。

七章

軋《きし》む音を立てて扉が開いた時、青嘉《せいか》は思わず手で両目を庇《かば》った。何日も暗い倉の中で過ごしていたので、差し込んできた光がひどく目に染《し》みる。

「…………今は、朝か？」

「はい、旦那様」

扉の向こうから家令《かれい》が姿を現した。

青嘉は重い足取りで、三日ぶりに外へと出た。空気が違う。その清涼感に、思わず大きく息を吸い込んだ。

「湯殿《ゆどの》の準備が出来ておりますので、どうぞこちらへ。湯浴《ゆあ》みがお済みになりましたら、お着替えを。客人たちももうすぐいらっしゃいます」

「……義姉上《あねうえ》は？」

「お部屋で、お支度をなさっておいでです」

では本当に今日、婚礼を挙げるつもりなのだ。

「──旦那様、私をお怒りでございますか」

家令は俯《うつむ》いた。

「私は使用人の身でありながら、旦那様の命《めい》に背《そむ》きました。あり得べからざることと、罰は覚悟しております。ですが、すべては王家《おう》のためを思えばこそでございます。珠麗《しゅれい》様もまた、このお家のことを、私たちのことを、そして何より志宝《しほう》様のことを想って、このようにご決断なさったのです。──旦那様、私はいかなる罰でもお受けします。ですがどうか、珠麗様のことは──」

この家令にも家族がある。王家に何かあれば、彼もまた路頭に迷うことになるだろう。忠義を口にしてはいるものの、根底にある打算もいくらか透けて見えた。だが、それを責めるつもりはなかった。

今は何より、自分が身動きできなかった間の雪媛《せつえん》を取り巻く状況の変化が気がかりだ。いまだに彼女は閉じ込められ、抜け殻《がら》のように過ごしているのだろうか。江良《こうりょう》たちは何か手を打っているだろうか。

「──この三日、何か変わったことは？」

「いえ、特には。家中は婚礼の準備で皆慌《あわ》ただしくしておりましたが……」

「江良から、何か連絡はなかったか」

「江良様は何度か旦那様を訪ねていらっしゃいました。……旦那様はご不在であると、珠麗様が対応されていましたが」

「用向きは？」

「ご用件は承《うけたまわ》っておりません。ですが、本日の祝宴にはご臨席いただけるとのことでした」

江良が今日ここへ来るというならば、まだ事態は動いていないのだろう。青嘉は無言のまま、母屋《もや》へ向けて歩きだす。

「他に何か――皇宮《こうぐう》のほうで動きはなかったか。陛下《へいか》の周囲で何か……」

青嘉に半歩下がって付いてくる家令は、少し考え込み、思い出したようにああ、と声を上げた。

「陛下が国中の医者を都に呼び寄せるよう命を下されたと、専《もっぱ》らの噂《うわさ》です」

「医者？」

「柳《りゅう》雪媛様が、毒を盛られて倒れられたとか。幸い一命は取り止めたようなのですが、どうもその後の経過が思わしくないようで……」

青嘉は驚いて振り返った。

「――なんだと⁉」

その剣幕に、家令はびくりと身を竦《すく》める。

「雪媛様が——毒を⁉」

「そ、そのように聞いております。それで陛下が、国中で名医を探していらっしゃるのだとか……」

青嘉は弾《はじ》かれたように走りだした。そうして自室へ飛び込み、置いてあった剣を手に取る。

「旦那様！」

泡を食って追いかけてきた家令が、おろおろとしている。

「皇宮へ行く！　馬を用意せよ！」

「な、なりません、もうすぐ婚礼の刻限です！」

青嘉は追いすがる家令の手を振り払い、厩《うまや》へと向かった。今日の婚礼の主役が突然現れて驚いている馬丁《ばてい》をよそに、自《みずか》ら馬に鞍《くら》をつけ飛び乗る。

「だ、旦那様？　どちらへ——」

馬丁の問いには答えず、そのまま門を出ようとした。

しかし突如、行く手に人影が躍《おど》り出るのが見えた。青嘉は慌てて手綱《たづな》を引き、馬を止めた。

「…………っ！」

竿立《さおだ》ちになった馬をなだめながら、青嘉はその人物を馬上から見下ろす。

「義姉上――」

家令が知らせたのだろう。珠麗は怯《ひる》む様子もなく、青嘉の前に立ち塞《ふさ》がっていた。

彼女が纏《まと》っているのは、鮮やかな石榴《ざくろ》色の婚礼衣装だった。美しく結い上げられた黒髪には、小さく繊細な蝶が連なった黄金色に輝く髪飾りが揺れている。いつになく化粧を施《ほどこ》し、白粉《おしろい》の塗られた白い面《おもて》の中で、紅を乗せた真っ赤な唇が妙に視線を奪った。

その姿を、青嘉は以前にも見たことがある。兄との婚礼の場で、張り裂けそうな胸を押さえながら。

「そこを……退《ど》いてください」

「どこへ行くおつもりですか」

声は淡々として、落ち着いている。怒っているのでも、苛立《いらだ》っているふうでもない。

「早くお召し替えを。もう、お客様がたがお見えになります」

「珠麗」

「陛下の勅使《ちょくし》もいらっしゃいます。花婿《はなむこ》のいない婚儀を見せるおつもりですか」

「――すまない、珠麗」

珠麗の白い面が、一層白くなったようだった。

「すまない……」

「………雪媛様、ですか」

僅《わず》かに、その声が引き攣《つ》る。

「雪媛様のところへ……行かれるのですか」

門の向こうの往来《おうらい》が、妙に騒がしい気がした。しかし珠麗は気に留《と》める様子もなく、静かに言い募《つの》る。

「この家を……王家を、志宝を……私も、全部見捨てて、行かれるのですか」

「珠麗……」

珠麗の唇は、僅かに震えている。

「そこを、退いてくれ」

青嘉を見つめる瞳に、揺れるように涙が浮かび上がった。

その時だった。

「た、た、大変です！　旦那様！」

叫びながら血相を変えて駆け込んできた下男が、睨《にら》み合いを続けている青嘉と珠麗の姿に驚いて、慌てて足を止めた。

「だ、旦那様、珠麗様……あ……す、すみません」

「構わない。どうした」

「い、戦《いくさ》です！　──軍がすぐそこまで！」

「戦……？　高葉《こうよう》との戦はもう終わっている」

下男はもどかしそうに首を横に振る。

「い、いいえ！　違います、その戦ではなく──む、謀反《むほん》でございます！」

青嘉は瞠目《どうもく》した。

「……謀反？」

「環王《かんおう》が反乱を起こしたと、街は大騒ぎです！　大軍が挙兵して、都に向かっているそうで……！」

「環王が……⁉」

「都でもあちこちで火の手が上がっていて、潜《ひそ》んでいたと思《おぼ》しき叛徒《はんと》の一団が皇宮を目指しています！　は、早く逃げなければ！」

「都の中にも──」

都の外と内で呼応して動いているということだ。周到に計画されていたに違いない。そしてこれは、環王単独では成しえないことだと青嘉は思った。彼にそこまでの軍事力はない。協力者がいるはずだった。

環王は、青嘉の知る歴史において碧成《へきせい》を傍《そば》で支えた穏やかな人物であり、兄に忠実で野心など一度も見せたことがない。だが雪媛は画策《かくさく》によって兄弟に不和を起こし、その行く末を変えようとしていた。雪媛の目的は、皇位を継ぐ者を消すこと。碧成の手による環王の排除だった。

しかし生じた不和の結果は、その思惑《おもわく》を大きく飛び越えたようだった。

殺さなければ殺されるという恐怖、澱《おり》のように環王の中で形を変えて蓄積されていった兄への怨恨——振り返って考えてみれば、謀反へと駆り立てられるのは当然の帰結であったかもしれない。だがあの温厚な人物が、皇帝に対して刃《やいば》を向けるのか。

(歴史を思うように動かそうとすれば、歪《ゆが》みが生じる——やはり、そういうことなのか)

青嘉は馬の腹を蹴り、一気に駆けだした。

「皇宮へ向かう！　俺が出たら門を閉め、守りを固めよ！」

「——青嘉殿！」

呼び止める珠麗の声が聞こえた。

しかし、青嘉は振り返らなかった。

弟が挙兵した、と聞いた時、碧成は怒りとともに、妙な満足感も得ていた。

(やはり、そうだったのだ)

環王はずっと、自分にはなんの野心もないと口では言いながら、皇帝の座を奪わんと画策していたのだ。思った通りだった。弟の見せる僅《わず》かな謀反の兆候《ちょうこう》を、自分は確かに捉《とら》えていたのだ。

しかし、そんなことで得意がっていられたのも束《つか》の間《ま》のことだった。謀反人とその賊軍を征伐《せいばつ》するための軍議を開いたものの、招集をかけた幾人かの姿がなかった。兵部尚書《ひょうぶしょうしょ》と工部《こうぶ》尚書、それに中書侍郎《ちゅうしょじろう》の席が空いたままだ。

「このような緊急時に遅参《ちさん》するとは、なんたることか！」

独護堅《どくごけん》が不愉快そうに言った。

すると侍従《じじゅう》が駆け込んできて、ご報告いたします、と声を上げる。

「程《てい》家、熊《ゆう》家に反乱軍が集結しているとのことにございます！　また、閻《えん》家は門を閉ざし、呼びかけても応《こた》えぬと……！」

それはまだこの場に現れていない者たちの名だった。一同は驚愕《きょうがく》した。

「う、裏切ったのか……やつら、環王に寝返ったのか！」

皆、恐る恐る碧成の様子を窺《うかが》った。

皇帝は無言のまま、拳を握りしめ怒りに燃えた目を見開いている。

「――陛下！　仙騎軍《せんきぐん》の一部が皇宮内で蜂起《ほうき》し、こちらへ迫っております！　お逃げください！」

飛び込んできた兵士が、青ざめた顔で声を張り上げた。

「何を言っているのだ。仙騎軍だと？」

重臣たちがざわざわとさざめき合う。

「環王軍の軍旗を掲《かか》げ持っておりますが、確かに、仙騎軍です！　一部が、内通していたものと……！」

「なんだと……」

独護堅が目を剝《む》いた。

「馬鹿な、そんな……仙騎軍は陛下直属の軍隊だぞ！　謀反などあり得ぬ！」

議場は騒然となった。そこへ、鎧《よろい》を纏《まと》い兜《かぶと》を手にした仙騎軍大将軍である馬《ば》将軍が現れ、碧成の前に跪《ひざまず》いた。

「陛下！　朱雀門《すざくもん》が占拠され、他の城門でも戦闘が起きております！　畏《おそ》れながらここも安全とは申せませぬ、どうか避難のご準備を！」

あまりに急なことに、現実味がなかった。誰もが戸惑《とまど》ったように顔を見合わせている。

「将軍、どういうことだ。陛下のお膝元《ひざもと》で謀反だと？」

「面目《めんぼく》次第もございませぬ！　……仙騎軍左軍の孔《こう》将軍、厳《げん》将軍が環王側と手を結び、反乱軍の挙兵に合わせて蜂起したようでございます。やつらの狙いは陛下のお命と御璽《ぎょじ》でございましょう。すぐに避難を――」

「避難だと⁉　ここは皇宮ぞ！　陛下のおわす場所であり、世界の中心である！　陛下がここを動くことなどありえぬ！　早《はよ》うその賊軍を討伐し、謀反人たちを捕らえてここに連れてまいれ！」

「――将軍！　凱天《がいてん》門まで反乱軍が押し寄せており、我が軍と交戦中です！」

伝令が報告すると、皆息を呑んだ。

凱天門は官庁街から宮城へ繋《つな》がる門だ。そこを突破されたら、ここはもう目と鼻の先である。

「陛下、お逃げください！」

（なんなのだ、これは――）

碧成は呆然としていた。

この皇宮において、命を狙われるなどということがあるだろうか。皇帝である自分に、刃《やいば》を向ける者がいるというのか。

「だ……大丈夫なのであろう、将軍。すぐに、鎮圧できるな？」

自分でも驚くほど、それは弱々しい声だった。

「――お任せを。さぁ、お早く！」

碧成は侍従に御璽を入れた箱を持たせ、兵士たちに守られながら慌ただしく外へと出た。重臣たちも足早にそれに続く。

先導する将軍の背中を眺めながら、碧成ははじめこそ呆然としていたものの、やがて沸々《ふつふつ》と怒りが湧き上がってくるのを感じた。

何故《なにゆえ》、皇帝である自分が、このようにこそこそと逃げ回らなくてはならないのか。環王の手先となり、皇帝である自分より施《ほどこ》された恩を仇《あだ》で返す裏切り者のせいで。そう考えると、腸《はらわた》が煮えくり返る気分だった。

母が死んでから、あの幼い弟をどれほど可愛がったことだろう。寂《さび》しがらないよう、いつも遊んでやった。弟を大切にすることが年長である自分の務めと信じ、そして自分に向けられる信頼と尊敬の眼差しが本物だと信じて。

それなのに今、その弟は兄であり皇帝である自分の喉元《のどもと》に、刃を突きつけようとしている。

（やはり、誰も信用できぬ。冠希《かんき》のようにさも忠臣のように装《よそお》って、すぐ傍《そば》に潜《ひそ》んでいる不逞《ふてい》の輩《やから》が、どれほどいることか！　今まで余は、その巣窟《そうくつ》の中にあったのだ！）

ともに避難しているこの重臣たちの中にも、裏切り者がいるかもしれない。碧成は油断なく周囲に猜疑《さいぎ》の目を向けた。背中を向ければ、ぐさりと刺されるのかもしれなかった。

鬨《とき》の声がかすかに聞こえてくると、皆顔を見合わせた。賊軍の凶刃がすぐ背後に迫っているのだと、その時になってようやく実感したのだ。

碧成ははっとして足を止めた。

「将軍！　後宮《こうきゅう》へ行く！」

「陛下⁉」

「雪媛を一緒に連れていくのだ！」

「それは――しかし」

「うるさい、早う輿《はよこし》を用意せよ！　やつらが後宮になだれ込むようなことがあればどうする！　雪媛は動けぬのだ！」

碧成は頑として譲らなかった。

突然馬将軍を伴って夢籠閣《むろうかく》に現れた碧成に、護衛の兵士たちや宮女たちは一様に驚いた。

「陛下、これは何事です」

碧成は戸惑う兵士に何も言わずに橋を駆け渡り、雪媛の寝室へと飛び込んだ。

「雪媛！」

青白い顔で横たわる雪媛は、瞼《まぶた》を固く閉じている。もうずっと朦朧《もうろう》とした状態で、起き上がることもできない。

雪媛の身体を抱きかかえると、傍にいた医官が慌てて止めようとした。

「陛下、何をなさるのですか！　柳才人《さいじん》はまだ安静に――」

しかしそんな医官の声を無視して雪媛を運び出すと、用意した輿に乗せた。ぐったりとした雪媛の頬を、優しく撫でる。

「すまぬな、雪媛。しばし辛抱《しんぼう》してくれ」

御簾《みす》を下ろし、運ぶように指示を出す。

雪媛を乗せた輿を伴って、一行は北の仙騎軍営へと向かった。

「玄武《げんぶ》門はまだ、我らが確保しております。万が一の時は、そこから外へ――」

将軍が焦《あせ》りを滲《にじ》ませながらそう言った時だった。

「――いたぞ！　皇帝だ！」

武装した兵士たちがわっと姿を現し、碧成たちを取り囲んでいく。碧成は息を呑んだ。盾《たて》になるように馬将軍が前に出る。

「陛下をお守りせよー！」

「必ず仕留めよ！　皇帝の首を取れ！」

一瞬にして剣が鳴り、矢が降り、槍《やり》が入り乱れた。碧成は将軍や重臣たちに囲まれながら、じりじりと後退する。

そんな中、輿を担《かつ》ぐ男の肩に矢が当たり、均衡《きんこう》を崩した輿がぐらりと傾いた。

「――雪媛！　何をしている、雪媛を守れ！」

碧成が叫ぶ。

「陛下、陛下こちらへ！」

馬将軍が剣を振るって退路を確保し誘導した。剣がぶつかり合い、鎧に跳ねる音が響き渡る。混乱の中、碧成は将軍に腕を引かれながら息を切らして走った。

足がもつれる。こんなに走ったことはない。

（どうしてこんなことに……どうしてこんな……！）

皇宮の中を逃げ回った皇帝など、瑞燕国《ずいえんこく》史上自分が初めてに違いない。その屈辱に、身体が怒りに震えた。

（許さぬ、絶対に許さぬ、環王……！　必ずやそなたを余の前に引きずり出し、この手で息の根を止めてやる！）

「――陛下、ここまで来ればひとまず安心です」

玄武門が見えてくると、将軍が足を止めた。

一緒に逃げてきた重臣たちは、一様に疲弊《ひへい》した様子で息を切らせていた。立つことができずに蹲《うずくま》っている者もあった。

碧成は後方を振り返り、本当に大丈夫か、と様子を窺う。

「――輿はどうした」

雪媛を乗せた輿が見当たらない。

皆、戸惑ったように周囲を見回す。

「へ、陛下――途中ではぐれたようでございます」

侍従の言葉に、陛下は愕然《がくぜん》とした。

「馬鹿な……雪媛！　そんな！」

戻ろうとする碧成を将軍が引き留《とど》める。

「陛下、おやめください！」

「雪媛……雪媛が……！」

「今戻れば危険です！」

「うるさい、放せ！」

「陛下、落ち着いてくださいませ！　柳才人のことはどうかお諦《あきら》めください！　女人ひとりと陛下のお命では重さが違います！」

「雪媛……雪媛……！」

皆に阻《はば》まれ、碧成は叫ぶことしかできなかった。

「だめだ……雪媛……雪媛を連れてくるのだ！」


皇宮は大混乱の渦中にあった。どこかで火の手が上がったのか、いくつかの黒い煙が筋のように立ち上っているのが見える。そこかしこで交戦が起き、巻き添えを食うことを恐れた官吏《かんり》たちが逃げ回っていた。

後宮へと続く門からは、恐怖に引きつった表情の宮女や妃《きさき》が荷物を抱えて幾人も飛び出してくる。もはや門兵もいない。誰もが我先にと逃げ出しているのだ。

青嘉はその合間を縫い、後宮の中へと駆け込んだ。雪媛がいるはずの夢籠閣を目指し、人気《ひとけ》のない石畳の上を北へ向かって進んでいく。

途中、琴洛殿《きんらくでん》の横を通り過ぎる。かつての雪媛の居所《きょしょ》であったその宮殿は固く門が閉じられ、『封印』と書かれた紙が門扉を交差するように貼られていた。以前の賑《にぎ》わいが嘘であったように寂《さび》れている。もうここに雪媛がいないのだと思うと、不思議な感じがした。初めて彼女に出会ったのも、皇帝が幾度も足を運んだのも、多くの妃たちが雪媛に拝謁に訪れたのも、すべてこの壮麗な宮殿であったのだ。柳雪媛という人の磁力に引き寄せられるように、誰もが彼女の傍《そば》へ――ここへ集《つど》った。

やがて視界が開け、北の庭園が現れた。その中央に位置する池の中に、青嘉は幻のように揺らめく影を認めた。

水上に浮かぶ楼閣。これが夢籠閣か、と青嘉は足を止める。

幾人もの兵士がぐるりと囲み厳重な警備が敷かれていると聞いていたが、人影は一つもない。池の周りはひどく閑散《かんさん》としていた。

妙な不安を覚えながらも用心しつつ、青嘉は朱塗りの細い橋を渡った。護衛どころか、宮女一人見当たらない。

楼閣の扉は開きっぱなしで、風が吹くと気が抜けたように揺れていた。その無防備な様子に、青嘉は剣の柄《つか》に手をかけながらゆっくりと近づいていく。

「――雪媛様！」

楼閣の内部はしんと静まり返っていた。

人の気配はない。奥に見える寝室へ入ったが、寝台は空だ。

「雪媛様！」

二階へ続く階段を駆け上がる。が、やはりそこにも雪媛の姿はない。

すでに逃げたのか。だが、聞いた話では雪媛は今、動き回れる状態ではないはずだ。

(陛下が連れていったのかもしれない——)

青嘉は夢籠閣を出て碧成の居所である華陵殿《かりょうでん》へと向かった。その途中、幾人かの侍従とすれ違った。彼らは一様に、両腕に青磁の壺やら螺鈿《らでん》の小箱やら、高価そうな品を抱えている。この混乱に乗じて、逃げ出す者たちの間で略奪が横行《おうこう》しているらしい。

碧成の姿もまた、見当たらなかった。執務室、朝堂《ちょうどう》と探し回るが、どこもすでにもぬけの殻だ。

(逃げるとしたら——北の玄武門か)

仙騎軍の本営が無事であれば、脱出経路としてはそこが一番確実だ。

石畳の向こうで、反乱軍と思《おぼ》しき一団が武器を手に声を上げているのが見えた。姿を見られれば巻き込まれるかもしれない。回り道をしようと、周囲に注意深く目を向けた。

その時、誰かの叫ぶ声が響いた。

「──いたぞ！　皇帝だ！」

青嘉は弾《はじ》かれたように、声のするほうへ駆けだした。

建物の陰から飛び出すと、目の前に仙騎軍の兵士が血を噴いて倒れ込んできた。思わずその身体を受け止める。

あたりでは両軍が入り乱れ、剣戟《けんげき》の音がそこここで響き渡っている。腕の中の兵士を地面に横たえると、青嘉は身を屈《かが》めながら求めるものを探して視線を彷徨《さまよ》わせた。

碧成の姿を捉《とら》えた。

反乱軍に取り囲まれている彼を、馬将軍率いる数名の兵士が守っている。重臣たちも碧成を中心にして身を寄せ合い、青い顔で震えていた。

その奥に、小さな輿が垣間《かいま》見《み》えた。担ぎ手が矢を受け、輿が倒れそうになる。

「──雪媛！　何をしている、雪媛を守れ！」

（あれか──！）

輿には雪媛が乗っているのだ。

青嘉は乱戦の中に飛び込んだ。時折刃が降ってきて、それを自らも剣で薙《な》ぎ払いながら輿へと近づいていく。

しかし碧成たちはさらに奥へと逃げ込んでいき、輿もそれに続いた。遠ざかっていくその姿に、青嘉は焦《じ》れる思いで剣を振るった。

「くそっ……！」

思うように近づけない。

そのうちに、輿が見えなくなってしまった。青嘉は攻撃を躱《かわ》しながら、小さな戦場を抜けてその後を追った。

息を切らして駆け抜ける。状況を見る限り、思った以上に碧成の分《ぶ》が悪い。反乱軍は要所を攻め落とし、確実に皇宮内での陣地を広げていた。

やがて、崩れ落ちた輿が石畳の上に横倒しになっているのが目に入った。

ぞっとした。

その周囲には担ぎ手や兵士など、いくつもの死体が散乱している。哀《あわ》れにひゃげた輿に飛びついて御簾をめくるが、中には誰もいない。

「雪媛様……」

周囲を見回しても、雪媛の姿はない。心臓が音を立てた。

こんな状況は前にも見たことがある。

かつての人生で、雪媛が刺客《しかく》の手にかかった日――血まみれの雪媛の姿。

「……雪媛様！」

青嘉は再び駆けだし、その姿を探した。

輿を降りて碧成とともに行ったのだろうか。そのほうがまだいい。どこかで倒れ、息絶えているのを見つけるよりは——。

青嘉の腕の中で死んでいった雪媛。そして、玉瑛《ぎょくえい》。

それぞれの、死に際《ぎわ》の顔が思い浮かぶ。

幾度救い出しても、どんなに手を伸ばしても、この運命は変えられないのか。

息を切らして碧成一行の後を追いながら、青嘉は回廊に囲まれた小さな中庭に差しかかった。

人気《ひとけ》はない。碧成たちはもっと先か。

しかし、青嘉はふと足を止めた。

何か聞こえた気がする。

息を殺して周囲を探ると、生垣の陰で何かが蠢《うごめ》いているのに気がついた。

嗚咽《おえつ》交じりの、震える声が密やかに聞こえてくる。

「……すぐに、私も行きますから……」

伏兵がいないかと注意を払いながら、青嘉はじりじりと生垣へと近づいていった。

蹲る人影が見えた。

「猛虎《もうこ》殿が待っておられます。私が、お連れします――」

泣いていたのは尚宇《しょうう》だった。腕の中に雪媛を抱き、涙を流しながら彼女に語りかけている。

意識がないのか、雪媛は青白い顔で目を閉じたまま動かない。腕はだらりと力なく垂れ、尚宇がその上体を支えるように抱いている。

尚宇の右手には短剣が光っていた。雪媛の白い喉元に向けて、ゆっくりとそれをかざす。

「もう、苦しまなくてよいのです。雪媛様……」

剣を持つ手は、僅かに震えている。

「ともに、参りましょう――」

短剣が振り下ろされる寸前、青嘉は尚宇に飛びかかった。

「やめろ！」

尚宇は驚いて、遮二無二《しゃにむに》剣を振り回した。

「放せ……！」

「何をしてる――尚宇！」

支えを失って、雪媛の身体が地面に崩れ落ちる。青嘉は短剣を叩き落とし、尚宇の腕を捩《ね》じり上げた。尚宇は悲鳴を上げる。

「どういうつもりだ……尚宇、お前何故……！」

「うるさい……うるさい、邪魔をするな！」

尚宇は頬を涙で濡らしながら喚《わめ》いた。

「もう、すべて終わったのだ。我らの夢は潰《つい》えた！ ……雪媛様をこれ以上、苦しめたくない！」

「尚宇……！」

「死なせてくれ！ 雪媛様とともに！」

青嘉は拳を握ると、尚宇の頬を思い切り殴《なぐ》りつけた。尚宇の身体はあっけないほど軽々と吹っ飛び、ごろごろと地面を転がっていく。

倒れている雪媛を抱き起こした。息はしている。しかし意識がない。

「くそ……っ」

このままではまずい。青嘉は雪媛を抱きかかえると立ち上がった。

「……待て……！」

尚宇が膝《ひざ》をついたまま叫んだ。鼻から血が滴《したた》り落ち、顔の半分が赤く染まっている。

「連れていかないでくれ……！」

その懇願《こんがん》に青嘉は答えなかった。悲愴《ひそう》な表情の尚宇を一瞥《いちべつ》すると、雪媛を腕に歩きだす。

「だめだ……雪媛様……！」

尚宇は這《は》うように後を追おうとしたが、がくりと力が抜けたように地面に倒れ込んだ。必死に顔を上げ、震える手を雪媛に向かって伸ばす。

「私の……私の役目なのだ……猛虎殿に託された……雪媛様を……！」

背後から悲痛な声が響いてくる。

「お前なんかに……青嘉……お前、なんかに……っ」

青嘉は振り返らなかった。腕の中の雪媛の青白い顔を見下ろす。今にも息が止まってしまわないだろうかと焦《あせ》りが募《つの》り、青嘉は歩を速めた。

「雪媛、様……っ」

尚宇が、嗚咽交じりに悲鳴のように叫ぶのが聞こえた。

「……雪媛様……………雪媛様ぁ……！」

尚宇は、それ以上追ってはこなかった。

だがその慟哭《どうこく》だけは、どこまでもどこまでも、後をついてくるように思えた。


反乱軍は碧成を追い、北に向かっていく。それに逆行するように逃げ惑う宮人たちに紛《まぎ》れて、青嘉は皇宮から抜け出した。外に繋《つな》いでおいた馬に雪媛の身体を押し上げ、自らも跨《また》がる。彼女が落ちないよう支えながら、馬を発進させた。

雪媛はぐったりしたまま、目を開ける気配はない。

(すぐに、医者に――)

王《おう》家には戻れない。青嘉は江良のいる朱《しゅ》家に向かった。

朱家の門を潜《くぐ》ると、青嘉は雪媛を抱えたまま声を上げた。

「――江良！　江良はいるか！」

驚いたように江良が姿を現す。

「青嘉！　お前どうして……雪媛様⁉」

婚儀に出席するためだろう、礼服を纏《まと》っている。

青嘉の腕の中で項垂《うなだ》れている雪媛に目を見開く。

「江良、手を貸してほしい。雪媛様をどこか安全な場所へ――医者の手配も――！」

江良は、「とにかく、こっちへ！」と自室へと二人を促した。

用心深く扉を閉めると、江良は青嘉に険《けわ》しい表情を向けた。

「――皇宮へ行ったのか？　様子は？」

青嘉は雪媛を静かに寝台に寝かせてやる。

「すでに反乱軍は皇宮内に攻め入っている。陛下は――俺が見た時にはまだ無事だったが、今はどうなっているか……」

「……う……」

その時、雪媛が僅かに呻《うめ》いた。はっとして青嘉はその顔を覗《のぞ》き込む。

「雪媛様！」

長い睫毛《まつげ》が揺れ、うっすらと瞼が開いた。

「……青……嘉……？」

ぼんやりとした様子で、雪媛は青嘉を見上げた。しかし、すぐに重たそうに瞼を閉じる。

「雪媛様！」

再び意識を失ったのか、声をかけてもそれきり反応はなかった。

「毒を盛られたと聞いた……このままでは雪媛様は……」

「――雪媛様は、ご自分の意志で再び先帝の後宮に入られた頃から毎日、少量の毒を服用している」

江良のその言葉に青嘉は驚いた。初耳だったのだ。

「何？」

「毒に耐性をつけるためだ。後宮では死活問題だからな。いつ毒を盛られるかわからないと、ずっと警戒していたんだ。……今回は恐らく、それが功を奏した。それでなんとか、即死には至らず済んだのだろう」

雪媛がよく、いろいろな薬を飲んでいるのは気づいていた。しかしまさかそれが毒だとは思っていなかった青嘉は、言葉を失った。

「だが、だからといって決して楽観できる状態じゃない。……青嘉、雪媛様を連れてすぐに都を出ろ」

江良が険しい表情を崩さないまま告げた。

「江良⁉」

「これは、国を二分する内乱だ。環王が倒されるか、陛下が倒されるか——どう転ぶかわからない。だがもし陛下が反乱軍を平定した場合、お前はただではすまないだろう。もちろん、雪媛様もだ」

江良の言う通りだろう。雪媛を救うためとはいえ、皇帝の寵姫《ちょうき》を拐《かどわ》かしてきたも同然なのだ。極刑になって当然の重罪だった。

「状況が見極められるまではひとまず身を隠せ。今のうちに、出来るだけ遠くへ……この戦の決着がつく前に、手の届かないところへ行くんだ」

「だが、雪媛様がこんな状態では——」

「今しかない。都中が混乱している今が好機だ」

「……………」

「まずは秋海《しゅうかい》様のいる、うちの別邸へ。あそこなら医者にも診《み》せられる。ただ、長居すべきじゃない。都から目と鼻の先だからな。……雪媛様が回復したら、できるだけ北へ向かえ」

「北？」

「北の田州《でんしゅう》へ。田州刺史《しし》は雪媛様の遠縁にあたる柳家の者がその任についている。田州全体においても、雪媛様の推挙で地位を得た者たちを各地に多く配してある。他の場所よりは身を隠しやすいだろう」

青嘉は雪媛の青白い顔を見つめる。こんな状態の彼女が、長距離の移動に耐えられるだろうか。

だが、江良の言う通り、都に留《とど》まることにはあまりにも大きな危険が付きまとう。考えている時間はない。青嘉は頷《うなず》いた。

「……………わかった」

江良は急いで旅支度を整えてくれた。馬では雪媛の身体が持たないだろうと、小さな馬車も用意された。

「都がこの状況では、いずれにしろ婚礼は中止だろうと思っていたが——まさかこういう形になるとは思わなかった」

　馬車に荷物を積み込みながら、江良が苦笑する。

「……珠麗のこと、頼んでいいか、江良」

　青嘉は、最後に見た珠麗の顔を思い出す。

「きっと、ひどく傷つけた――」

「……わかった」

　そう言って、ぽん、と青嘉の背中を叩く。

「早く行け」

「江良……ありがとう」

「雪媛様をお守りしろ。――必ずだ」

　都を貫《つらぬ》く大路《おおじ》には、戦火から逃げ出そうとする人々が溢《あふ》れかえっていた。城門は開いている。反乱軍が占拠した際、自軍を迎えるために開け放ったのだ。

　雪崩《なだれ》のように城門へと押し寄せた人々は、蠢く黒い川のように外へと流れ出ていく。どこかで子どもが泣いていた。荷車に家財を積んだ一家、着の身着のまま逃げてきた者もいる。

　その中を、ひとつの小さな馬車が進んでいく。

だが、誰もが自分たちのことで精一杯で、その馬車を気に留める者はいなかった。
その日以来、神女と呼ばれ、悪女と呼ばれた柳雪媛は、都から姿を消した。

※この作品はフィクションです。実在の人物・団体・事件などにはいっさい関係ありません。

集英社オレンジ文庫をお買い上げいただき、ありがとうございます。
ご意見・ご感想をお待ちしております。

● あて先
〒101-8050　東京都千代田区一ツ橋2-5-10
集英社オレンジ文庫編集部 気付
白洲　梓先生

集英社
オレンジ文庫

威風堂々悪女 7

2021年7月20日　第1刷発行

著　者　白洲　梓
発行者　北畠輝幸
発行所　株式会社集英社
〒101-8050東京都千代田区一ツ橋2-5-10
電話【編集部】03-3230-6352
【読者係】03-3230-6080
【販売部】03-3230-6393（書店専用）
印刷所　大日本印刷株式会社

ISBN 978-4-08-680397-7 C0193